ハンドレッドノート

名探偵 恵美まどかの事件簿

風森章羽

講談社

目　次

装　画

misa

装　幀

杉田優美（G×complex）

ハンドレッドノート

—名探偵 恵美まどかの事件簿—

第一話　エコー

1

どうして記憶というものは、時とともに少しずつ色あせていってしまうのだろう。ものすごく嬉《うれ》しかったことや、悲しかったことも。一日、一週間、一ヵ月、一年と経《た》つうちに鮮明さを失い、たくさんの思い出と同じぼんやりとした色の中にまぎれてしまう。

どうすればその鮮明さを保《たも》ったまま、永遠に自分の中に繋《つな》ぎ止《と》めておけるだろう。

少し伸びてきたショートボブの髪を掻《か》き上《あ》げて、私はそっと左耳に触れる。そこにあるのは、小さなタイガーアイがひと粒ついたイヤーカフ。彼がいつも身に着けていたアクセサリーだ。

彼が事故に遭い、命を落としたあの雷雨の夜から、早くもひと月が経っていた。私と同じ十七歳。高校二年生で、彼はあまりにも唐突にこの世を去ってしまった。

彼は私にとって、とても大切な人だった。

もう二度と言葉をかわすことも、触れることも叶《かな》わないのなら。せめて、私の中にとどまる彼の姿は永遠であってほしい。少しも色あせることなく、薄れることのないままでいてほしい。

だから、私は——

「リッカ」

触れていた左耳に、鳴明《なるあき》の声が響いた。

「何、ぼんやりしてるんだよ」

呆《あき》れたように言われて、「あ、ごめん」と私は顔を上げる。

私の双子の片割れの鳴明。双子といっても二卵性だから、顔はあんまり似ていない。私服で並んでいると、鳴明が年上に見られることもしょっちゅうだ。

顔だけでなく、鳴明とは性格もあまり似ていなかった。私は物事をじっくりと考えるのが苦手で、あまりよく考えずにとりあえず動いてしまうタチだ。だから勉強もあんまり得意じゃない。一方で鳴明は小学生の頃から成績もよく、今の高校でも優等生のポジションにいた。

鳴明はいつもどこか冷めた態度で、突き放したようなそっけない物言いをするけど、その裏で一応、私を気遣《きづか》ってくれてもいる。「無鉄砲《むてっぽう》に突っ走るリッカを放っておいたら何するかわからないだろ」などと本人は言うから、保護者のつもりでいるのかもしれないけれど。

何にしてもこうやって今、私のそばに寄り添ってくれているのはありがたかった。大切な彼を失っても、自分はまだ孤独じゃないと思えたから。

それに、一人きりでここへやってくるのは、やっぱり少し不安だった。

私たちがいるのは集骨町《しゅうこっちょう》の繁華街。この辺りは多国籍街と呼ばれている。

標識や看板には様々な言語が躍り、それらは派手なネオンで彩《いろど》られていた。秩序や調和なんてものは無視してそれぞれが思うまま個性を主張している様は、おもちゃ箱をひっくり返したみたいといえば楽しそうだけど、なんとなくいかがわしい感じも漂わせている。

今はまだ昼間だからネオンの輝きもあまり目立たず、いかがわしさも多少薄れてはいるのだろう。夏休み中ということもあって、私のような高校生らしき人たちの姿もちらほら見受けられた。

でもこの辺りは犯罪も多い場所だから、油断しないに越したことはない。

「こんなところに突っ立ってないで、早く目的の店へ行こうぜ」

「わかってる。ちょっと暑くて。頭がぼーっとしちゃった」

あながち嘘《うそ》ではなく、私の額や首筋には汗が滲《にじ》んでいる。八月半《なか》ばの午後三時。日差しはまだかなり強くて、その熱を含んだ地面からも暑さが立ちのぼってくる。ビルに囲まれた街中には木があまりないにもかかわらず、セミは絶好調な鳴き声を響かせていて、そのけたたましさで暑さがいや増しているようでもあった。

「さっきの犬のこと、まだ考えてたんだろ」

からかうように鳴明が言ってくる。「リッカ、すごい声を上げてたもんな」

つい十分ほど前のこと。道を歩いていたら犬を散歩させている中年の女性と出くわし、その犬がいきなり私に飛びついてきたのだ。犬に敵意はなかったようだが、私はみっともないくらいに大きな悲鳴を上げてしまった。思い返すと猛烈に恥ずかしい。あの記憶に限っては、早急に消去してしまいたかった。

「うるさいな。鳴明だって、人のこと言えないくせに」

「俺は悲鳴は上げてない」

「悲鳴も上げられないくらい硬直してたんじゃないの」

顔も性格も似ていない私たちだけど、数少ない共通点のひとつが、犬が苦手ということだった。

小さい頃、近所で飼われていた大型犬に鳴明と二人して追いかけ回されて以来、私たちはそろって犬が大の苦手になった。先の女性が連れていたのは柴犬《しばいぬ》くらいの大きさの茶色い雑種犬だったけど、大きさは関係ない。チワワでさえ目が合うとかたまってしまうくらいだ。

とはいえ、あの女性に教えてもらわなかったら私たちはいつまでも目的地にたどり着けず、炎天下の繁華街をさ迷い続ける羽目になっていただろう。犬に飛びつかれたショックで、ろくにお礼も言えなかったことが悔《く》やまれた。

細い路地の中ほど、灰色のビルとビルの間にちょっと窮屈そうに挟まっている、赤レンガの倉庫みたいな外観をした建物。

建物の前に置かれたスタンド式の看板は、装飾的にデザインされたアルファベットのRの一文字が目立っている。よく見ればその下には『喫茶ライム』と書かれているものの、近づいてみなければまず気づかない。一見すると『R』という名前の、なんだかよくわからないお店と判断してしまう。

「これじゃあ、見つからないはずだよね」

私はジーンズのポケットから一枚のレシートを取り出した。

《ライム》という喫茶店でブレンドコーヒーを注文したことが記録されているこのレシートは、昨日、彼の部屋で私が見つけたものだった。印字された日付は七月六日、時刻は午後五時過ぎ。彼が事故で命を落とす六日前だ。

このレシートに記されている住所と地図アプリを頼りに《ライム》なる喫茶店を探していたのだが、まさかこんなにもわかりづらい場所に、わかりづらい形で存在しているとは思わなかった。彼はよくこんな店を知っていたものだ。

看板によると、《ライム》の営業時間は午前九時から午後八時までらしい。レトロな倉庫ふうの建物には、正面から見る限りでは窓がない。唯一、入り口のこげ茶色のドアに丸い窓がついていたが、すりガラスなので中の様子を窺《うかが》うことはできなかった。ドアには『OPEN』と書かれたプレートが下がっているものの、正直ちょっと入りづらい佇《たたず》まいである。

「どうするんだ?」

鳴明が問うてきた。こうして私に寄り添ってくれてはいるけれど、今回の私の行動に関して、鳴明は決して協力的ではなかった。まあ、私たちの意見が合わないのは今に始まったことではないし。一緒にいてくれるだけ感謝するべきなんだろう。

「入るに決まってるでしょ」

私は真実が知りたいのだ。あの雷雨の夜の、彼の真実が。

目を閉じれば、あの夜の彼の姿、彼の声はまだ鮮明に私の中によみがえってくる。

──雷雨に、コダマさんはいるかな。

窓の外に目をやりながら彼が落とした、奇妙な呟《つぶや》き。あまりにも不可解すぎたあの夜の彼の行動の意味を、私はどうしても知りたかった。

だけど鳴明は、「死者の秘密なんて探るものじゃない」と主張する。

「大切な相手だから真実を知りたいというのは、リッカのエゴじゃないのか。仮に何かわかったところで、相手が生き返るわけでもあるまいし」などと、私の中の迷いや恐れを鋭く見抜いて、つつくように言ってくる。

でも、ここまで来て引き返すなんていうのはあり得ない。

「よし」と自分を励《はげ》ますと、私はドアの取っ手をつかみ、一気に引き開けた。

シャラリと涼やかなベルの音がして、同時に涼しい空気が肌に触れた。

間接照明の控《ひか》えめな明かりに照らされた店内は、外の日差しに慣れた目にはずいぶんと薄暗く感じられた。

外観からも想像はできたが、さほど広い店ではない。奥にカウンターがあって、手前にテーブル席がひとつだけある。

全体的に深い茶色をした、落ち着いた雰囲気の店だった。天井にはシーリングファンが回り、店内にはジャズっぽい音楽が耳に心地よく触れる音量で流れている。私が普段からよく行くファストフード店やスタンド式のカフェとはだいぶ趣《おもむき》が違う。大人の隠れ家といった感じだ。

「らっしゃーい！」

カウンターのほうから、やけに威勢のいい明るい声が飛んできた。思わずうちの近所にあるラーメン屋を想像してしまう。この店の雰囲気にはまったく合っていない。場違いともいえるテンションだ。

店内の明るさに慣れてきた目でカウンターのほうを窺うと、白いシャツを腕まくりして、黒いエプロンをつけた男の人の姿があった。歳《とし》は二十代半ばくらいだろうか。こういう渋《しぶ》い店を切り盛りするのは渋い中年の男性だろうとなんとなく思い込んでいたので、少し意外だった。

「どーぞ、お好きな席へー」とまたもテンション高く促《うなが》され、少し迷ってから手前にあるテーブル席を選んだ。一人掛けのソファが向かい合わせに置かれた二人用の席で、ソファに腰を下ろすとやわらかく身体《からだ》を包んでくれる。

カウンター席を選ばなかったのは、少し緊張していたせいもあったが——そちらに座ると中に立つ店主と対面することになる——一番の理由は先客がいたからだ。

カウンターの向かって左端《ひだりはし》、壁際にあたる席には、水玉模様のパジャマみたいな服を着て、布団みたいな上着を羽織《はお》った、少々個性的なファッションの人がいた。しかも、クッションを抱《かか》え込《こ》んですやすやと気持ちよさそうに眠っている。

「……なんであの人、喫茶店であんな本気モードで寝てるんだろ」

カウンターのほうには聞こえないようこそっと呟くと、「格好からして、寝る気満々だよな」と鳴明もこそっと応《こた》えた。

「でもあの人……なんか、すごいね」

ファッションだけでなく、その人はとても目を引く容姿の持ち主だった。

少し長めの淡い色をした髪は、照明の光を受けて銀色に輝いて見える。ぴんと撥《は》ねているのは癖毛《くせげ》というより、ひょっとすると寝癖なのかもしれない。肌は透き通るように白くて、顔もうらやましいほどに小さかった。可憐《かれん》で、どこかはかなさも漂う整った顔立ち。造形からして日本人――そうでなくてもアジア人――だと思うけど、そうそうお目にかかることはできないレベルの美少女だ。

「あれはうちの眠り姫。気にしなくていいから……って言っても、気になるだろうけど」

店主と思《おぼ》しきテンション高めの男の人が、いつの間にかすぐそばに立っていた。水のグラスをテーブルに置いてくれる。

あの先客をまじまじ見ていたことに気づかれて、ちょっと気まずい。でも男の人のほうは特に気にするふうもなく、左手首にはめた腕時計をいじりながら「で、なんにする？」と朗《ほが》らかに訊《き》いてきた。

男の人はわりと背が高くて、無造作な感じにスタイリングされた栗色《くりいろ》の髪の間に見える左耳には、銀色の小さなピアスが光っている。テンションは少々ズレているものの、こうして近くで改めて見てみると、おしゃれなカフェの店員といった佇まいがある。

目が合うと、男の人はニカッと笑った。ちらりと覗《のぞ》く八重歯がやんちゃそうな印象だ。

「えっと、ブレンドコーヒーを」

メニューも見ずに答えた私に、「リッカ、コーヒーなんて飲まないだろ」と鳴明がすかさず言ってくる。確かに私は普段、コーヒーは飲まない。だけど、あのレシートに記されていたのはブレンドコーヒーだったから。彼が飲んだのなら、私も同じものを味わっておきたかったのだ。

「やめたほうがいいよ」

と、別の方向から澄んだ声が投げかけられた。見ると、カウンターで寝ていた『眠り姫』がいつの間にか目を覚ましていて、その目がまっすぐこちらへ向けられていた。私は思わずどきりとする。

声から察するに、眠り姫は『美少女』ではなく、『美青年』だったようだ。

「康介《こうすけ》が淹《い》れるコーヒーはまずいから」

「おい、まどかチャン。営業妨害すんなって」と男の人が抗議する。

「だって事実だろ。被害は未然に防いでおいたほうが、苦情も出なくていいと思うけど」

「被害って……」康介というらしい男の人は後ろ頭を掻きながら、「どうする？」といった目を私に向けてくる。喫茶店なのにコーヒーが被害と言われるレベルでまずいって、そんなことあるのだろうか。

というか、彼はそんなコーヒーを飲んでいたの？

「リッカはチャレンジするのか?」と鳴明も問うてくる。なんかもう、コーヒーを飲むことがチャレンジになっちゃってるし。

「じゃあ、クリームソーダで」

メニューに素早く目を走らせ、私はあっさり注文を変えた。

「ラジャー」とちょっぴり残念そうに康介さんが応え、カウンターの中へ戻っていったところで、私は改めて店内を観察する。

すぐそばの壁際には本棚が置かれていて、中には文庫本や単行本が並べられていた。一番上の段には本は収められておらず、ぬいぐるみや小物などが飾られている。

並んだ本は、タイトルから想像するにミステリ小説が多いようだ。

彼もそういう物語が好きだった。タイトルに『○○殺人事件』とかつく小説を日頃から好んで読んでいた。「人が殺される話の何がそんなに面白いの?」と私はよく彼に訊いたものだ。康介さんも同様の小説が好みで、ひょっとするとそういう繋がりで彼はこの店に来ていたのかもしれない。

「なあ、まどかチャン。メロンソーダどこにあるか知らねえ?」

そんなことを考えていると、カウンターのほうから当人の声がした。康介さんの声は大きいので、自然と耳に入ってくる。

「その呼び方、やめてくれる?というか、なんでメロンソーダを探してるの」

「クリームソーダって、メロンソーダにアイス載っけりゃいいんだろ。けど、肝心のメロンソーダがないんだよ。メロンシロップならあるんだけどさ。切らしてんのかな」

「……康介、本気で言ってる？」

まどかチャンこと眠り姫は心底呆れた様子だ。「そのメロンシロップに、炭酸水を入れてつくるんだよ」

「あー、なるほど。シロップを炭酸水で割る感じね。オーケーオーケー」

「ほんとにわかってる？　ものすごく不安なんだけど」

「大丈夫大丈夫。俺、居酒屋で働いてたんだし。液体割るのはお手のものだって」

「本当に大丈夫なのか、あの店主」と鳴明も呟く。私も大いに不安だった。康介さんの物言いだと、なんだか液体を手刀で割りそうな勢いがある。

ここは一体、どういう店なんだろう。なんでお店の人がお客さんから飲み物の作り方を教わってるの？

彼のことを聞きにきたはずなのに、ペースを乱されてなかなか切り出せない。

「いてっ」と、またもカウンターのほうから康介さんの声がした。

「この棚、しょっちゅう腰ぶつけんだよな。なんでこんな低い位置にあんのかな。じーちゃんも背が高いんだから、もう少し高いとこに設置すりゃいいのに」

腰をさすりながら、ぶつぶつと文句を口にする康介さん。そういう呟きも、みんなお客に聞こえてしまってる。にぎやかなお店だ。いや、にぎやかな人と言うべきだろうか。渋いお店のムードは見事にぶち壊しだったけど、おかげで私の緊張はかなりほぐれていた。

「はい、お待ちー」

いよいよラーメン屋みたいなノリで言って、康介さんが注文の品をテーブルに運んでくる。意外にも、というと失礼かもしれないけど、私のクリームソーダはちゃんと出来上がっていた。エメラルドグリーンの液体越しに見える氷が目に涼しげだ。その上には丸いバニラアイスが小島のようにぽっかりと浮かんでいて、赤いサクランボも添えられている。見た目は完璧《かんぺき》だ。

ひと口飲んでみると、味のほうも問題なかった。普通においしくてホッと胸を撫《な》で下《お》ろす。

「んじゃ、ごゆっくり」カウンターに戻っていこうとする康介さんを、「あの」と私は呼び止めた。

「ちょっとおかしなことを訊くんですけど。ここに、コダマって名前の人はいますか?」

「コダマ?」康介さんは少し不思議そうな表情を見せて、「じーちゃんの苗字《みょうじ》が児玉《こだま》だけど」と答えた。

「おじいさん？」

「そ。ここのマスターで、児玉文治《ふみはる》っていうんだ。ちなみに俺はその孫。入山《いりやま》康介」

二十六歳という自分の年齢まで康介さんはサービスして教えてくれる。

「ちなみのちなみに、あの眠り姫は恵美《えみ》まどかチャン」

「僕は関係ないだろ」と細い眉《まゆ》をひそめるまどかさん。まどかさんのほうは二十二歳らしい。それも康介さんがサービスして教えてくれた。だけどまどかさんの場合は年齢よりも、何をしている人なのかというほうが私としては気になるところだ。

会社に勤めているようには見えない。モデルとか、あるいは芸術家？　前衛的な彫刻とかつくっていそうだ。もしくはデザイナー。あのパジャマみたいな服は自分でデザインしたものなのかもしれない。そう考えると、一風変わって見えたまどかさんのファッションが、たちまちとてもおしゃれなものに思えてくる。

「私は、本宮律花《もとみやりつか》っていいます。みんなからはリッカって呼ばれるけど。高校二年生です」

なんとなく流れで私も自己紹介する。「鳴明です」と、それに応じるように鳴明も名乗った。「リッカとは双子のきょうだいで、同じく高二です」

「それで、おじいさんの児玉さんは、今はお留守なんですか？」

自己紹介をすませたことで緊張も完全になくなり、私は席をカウンターのほうへ移して、改めて康介さんに尋《たず》ねた。

「仕入れ旅行中」と康介さんは答える。

「なんか、特別なコーヒー豆を手に入れるために南米のどこだかへ行くって言ってさ。しばらく店を空けるっていうから、それならってことで俺が店番を引き受けたんだ。俺が働いてた居酒屋、潰《つぶ》れちゃってさー。無職になって、ちょうど暇だったから。コーヒーのことはあんまよくわからないけど、俺、接客はめっちゃ得意だから」

そんな事情で、十日ほど前から康介さんはマスター代理としてこの店のカウンターに立っているという。まだ十日。だから本人いわく「めっちゃ得意」という接客の仕方もこの店の雰囲気にはまったく合っていないし、コーヒーの淹れ方もヘタで、クリームソーダの作り方も知らなかったのだろう。

「だ、大丈夫なんですか、それで?」

清々《すがすが》しいほどに堂々と問題発言をする康介さんに、私は思わず訊いてしまった。コーヒーのこともよくわからない人が、店に立っちゃっていいのだろうか。おじいさんが帰ってきたらお店の評判がものすごく悪くなっていた、なんてことになるのでは?

「今のとこ全然問題ナシ。さっきみたいに、まどかも助けてくれるし」

「問題点を認識できないところが、そもそも大問題なんだよ」

ぼそっとまどかさんが言った。私もそう思う。それ以前に、お客さんに助けてもらっている時点で、もう充分に問題アリだ。

「児玉さんは、いつ戻ってくるんですか？」

私は尋ねた。この店の危うい状況がいつまで続くのかも、純粋に気になるところだった。

「来月の上旬くらいって言ってたけど」

まだひと月近くある。けっこう先だ。

「君は、児玉マスターに何か用だったの？」

まどかさんが問うてきた。気だるそうにカウンターの天板に頰杖《ほおづえ》をついているけど、その目はまっすぐに私に向けられている。黒い瞳《ひとみ》は光の加減で銀の色みを帯びているようにも見えた。こちらの心の奥底までを見透かされてしまいそうで、私はつい視線を手元に落としてしまう。

「用というか、ちょっと訊きたいことがあって。ここのお客だったかもしれない人について」

「そういうことなら、まどかが知ってるかもしれないぜ」と康介さん。「俺は新参者だけど、まどかはずいぶん前からこの店に通ってる常連らしいから。それにこいつ、めちゃくちゃ記憶力がいいんだよ」

どんな客かと康介さんに問われたので、私は端末を操作して、ディスプレイに彼の画像を表示し、二人に見せた。

小雨《こさめ》が降る公園で、制服姿の彼と私が並んで写っている。どこか憂《うれ》いを帯びたような表情は、私が一番彼らしいと思う顔だった。左耳には、今は私の耳についているイヤーカフが着けられている。

彼は右手に傘を持っていて、その傘に私も一緒に入っていた。梵字《ぼんじ》がプリントされた妙なデザインの傘は、彼のお気に入りだった。

二ヵ月くらい前に友だちが撮ってくれた写真だ。『リッカ&小野塚《おのづか》くん』と、彼女はその写真にわざわざ私たちの名前を書き込んでハートマークで囲ってくれた。お節介《せっかい》な友人だと、私と彼は苦笑したけど。まさか、これが彼の姿を写した最後の写真になるなんて、想像もしていなかった。

「彼なら、この店で何度か見かけたことがある。話したことはないけどね」

表示された画像を眺《なが》めながら、まどかさんが言った。

「たいていは静かに読書をしていたけど、たまにマスターと話したりもしてたよ。警察の捜査の話とか、興味深そうに聞いていた」

「警察の捜査の話?」なんでそんな話をマスターと?

「うちのじーちゃん、この店を開く前は刑事やってたんだよ。もう二十年くらい昔の話だけどさ」と康介さんが説明してくれた。

「元刑事なんて人物に会ったら、ミステリ好きなら興味を持って当然だな」

鳴明が言う。この店の本棚にはミステリ小説がたくさん並んでいて、しかもマスターは元刑事。鳴明の言う通り、彼がこの店を気に入る理由としては充分だ。

だけどそれは、私が求めている真実の答えにはならない。

「リッカちゃん、なんか問題っぽいもの抱えてたりする？」

うつむき、じっと考え込んでいた私の顔を、ひょいと康介さんが覗き込んでくる。

「だったら、それこそまどかに相談してみろよ。こう見えて、まどかはすごい名探偵なんだぜ」

「えっ、名探偵？」私は弾《はじ》かれたように顔を上げた。思わずまじまじとまどかさんの顔を見てしまう。

「やめてくれる？　僕、ここで仕事をする気なんてないんだけど」

露骨に迷惑そうな顔をするまどかさん。

「仕事じゃなく、フツーに相談事を聞いてやればいいだろ」と康介さん。

「仕事じゃないなら、余計に面倒な話なんて聞きたくない」

「ちょっとくらい聞いてやれって。俺とまどかチャンの仲じゃん」

「意味不明だし、そもそもどういう仲？　僕たち、十日前に会ったばかりだよね」

「え、そうなんですか？」

つい驚きの声を挟んでしまった私に、二人の視線がこちらを向く。「いえ、あの……親しそうに見えたから、もっと前から付き合いのあるお友だちなのかなって」

「全然親しくないよ。そう見えたとすれば、康介の距離感がおかしいだけ」

「人とすぐに仲良くなれるの、俺の特技だからさ」ふふんと康介さんは得意げに胸を張ってみせる。

「というわけでリッカちゃん、遠慮しなくていいよ」

「え？　あ、はい」反射的に答えたものの、まどかさんは相変わらず迷惑そうな表情を見せている。どうしたらいいのか迷っていると、「絶好の機会じゃないか」と鳴明が言った。

「名探偵に相談事を聞いてもらうチャンスなんて、これを逃したらそうそうないぞ」

鳴明の言う通りではあった。すごい名探偵に偶然出会えるなんて、そうあるものじゃない。ひょっとするとこのチャンスは、彼が与えてくれたものなのかもしれなかった。

ディスプレイの中の彼の姿を瞳に映し、左耳の形見にそっと触れながら、私は話す。

「実は彼は、もうこの世にはいないんです。先月の十二日の夜に、事故に遭ってしまって。でもその事故に遭う前から、あの夜の彼の様子はちょっとおかしくて——」

2

あの日――いまだ梅雨明けに至らない空は朝からどんよりとしていたけれど、私たちの心は期末試験を終えた解放感と間近に控えた夏休みへの期待でもって、清々しく晴れ渡っていた。

彼とは別々の高校に通っていたため、下校後に待ち合わせをして、私は一緒に彼の家へ行った。

彼の家は集骨町の音居《おとい》という地区にある。小さな川と大通りを挟んだ向こう側にはネオンの彩りに溢《あふ》れる繁華街が存在したが、川と通りがその喧騒《けんそう》を遮《さえぎ》っているかのように、音居は比較的静かで落ち着いた雰囲気の住宅街だった。

彼はお父さんと二人暮らしだったけど、お父さんが仕事から帰ってくるのはいつも夜遅く。だから休みの前日になると、私はよく彼の家に泊まりに行った。お父さんも、私の存在は歓迎してくれていた。その日もそんなふうに、私は彼の家に泊まる予定だったのだ。

ゲームをしたり、動画を観《み》たりして家の中でゆっくりと過ごした後、デリバリーでピザを頼んで少し早めの夕食をすませた。

彼がコンビニへ向かったのは、午後七時頃のこと。動画で紹介されていた新作スイーツがどうしても食べたくなって、「俺、買ってくる」と彼が言ったのだ。

コンビニは川を渡った大通りのそばにある。彼の家からは歩いて五、六分ほど。小雨が降っていたため、彼は例の独特なセンスの傘を持って家を出ていった。

帰ってきたのは、七時半を過ぎた頃だった。「遅くなって悪い」とスイーツが入った袋を私に手渡した彼の身体は雨に濡《ぬ》れていた。彼はなぜか、持って出たはずの傘を持っていなかった。

「傘、どうしたの？」と私が訊くと、「置いてきた」とどこかぶっきらぼうに彼は答えた。

買ってきてくれたスイーツを一緒に食べる間も彼は心ここにあらずといったふうで、顔色も冴《さ》えなかった。

コンビニへ行くだけでどうしてこんなに時間がかかったの？　お気に入りだった傘をどこへやったの？　いろいろと訊きたかったけど、なんとなく訊きづらい空気をそのときの彼は身にまとっていた。

スイーツを食べ終える頃には外の雨はだいぶ強くなり、雷も鳴り始めていた。すると彼は途端にそわそわして、リビングのソファと窓際とを行ったり来たりし始めた。

そして窓から外の様子を眺め、左耳のイヤーカフを神経質そうにいじりながら、彼はぽつりと呟いたのだ。

「雷雨に、コダマさんはいるかな」

稲光に照らし出されたその横顔はどこか強張《こわば》り、青ざめて見えた。

しばらくすると、彼は意を決したようにリビングを出ていった。一旦《いったん》自室に入り、再び姿を現した彼は、黒いレインコートを着込んでいた。

「ちょっと出てくる」

そう私に告げ、行き先を説明することもなく、彼は雷雨の中へ飛び出していった。もうすぐ午後九時になろうという頃だった。

そしてそれから十分も経たないうちに、彼は大通りでスリップしたバイクに撥ねられて命を落としたのだ。


「その事故そのものには、不審な点とかはありませんでした。純然たる事故だって、警察の人たちも判断したし。私も疑ったりはしてません。ただ――」

私はかたわらに置いていたショルダーバッグを引き寄せると、中から取り出したものをカウンターの上に静かに置いた。

それは一本のナイフだった。何年か前、キャンプに行ったときに彼が持っていたサバイバルナイフだ。

「事故に遭ったとき、彼はこのナイフを持っていたんです。財布とか、貴重品はみんな家に置いたままだったのに。なぜかこのナイフだけ」

その事実を知ったとき、私はひどい不安に襲われた。彼は一体、どこへ何をしに行こうとしていたのか。どうしても知らなければならないと思ったのだ。

「いまさら知ったところで、何かが変わるわけじゃないのはわかってます。知らないほうがいいってことも、もしかするとあるのかもしれません。あの夜、彼が私に何も言わなかったのは、私には知られたくないことだったのかもしれないし」

だからこそ鳴明も私にそう言う。死者の秘密を知りたがるのは私のエゴだと指摘する。

「だから悩んだし、迷いもしたけど……。やっぱり私は知りたいんです。あの夜、彼はどこへ、何をしに行こうとしていたのか」

たとえエゴだと言われようとも。私は、彼に疑いを抱いたままでいたくない。

「彼が呟いたコダマっていう名前について周りの人たちに訊いてみたけど、みんな知らないって言いました。だから昨日、彼の家へ行って、彼の部屋を調べさせてもらったんです。そうしたら、引き出しの奥に隠すようにしてこのノートが……」

私はバッグから手帳サイズの黒いノートを取り出して、ナイフの横に置いた。まどかさんが手に取り、パラパラとめくった。向かい側から康介さんも覗き込む。

そのノートに書かれているのは、殺人事件の記録だ。

現場がどこで、被害者が誰で、どうやって殺されて——といったことが、やや癖のある彼の手書きの文字で細かく書きつけられている。

「どれもこの一年ばかりの間に、集骨町で起きた事件だね」

ノートをめくりながら、まどかさんが言う。「でも、この後ろのほうに書かれている事件は知らないな」

すぐさま判断したまどかさんとは違い、私はネットで調べてみて気づいたのだが、そのノートには実際に起きていない事件についてもいくつか書かれていた。それらは具体的な名前や場所は記されておらず、他のものに比べると漠然とした書き方になっている。

「そうなんです。それでそのノートに、このレシートが挟んであって」

ジーンズのポケットに入れていたレシートを取り出して、私は最後にナイフとノートのかたわらに添えた。

「うちの店のレシートだ」康介さんがひょいとつまんで確認する。「だからリッカちゃんはここへ来てみたってわけか」

「実際、事故に遭っていなければ、彼はこの店に来ようとしていたんだと思うよ」

まどかさんがさらりと言ったので、「え？」と私は目をしばたたいた。

「君が耳にしたという彼の呟き――『雷雨に、コダマさんはいるかな』の『雷雨』は、恐らく『ライム』の聞き間違いだろう」

「あ、そっか！」

なんだかおかしな言い方だとは思っていたのだ。私の話をちょっと聞いただけで、すぐに聞き間違いにも気づくなんて。さすが名探偵だ。

「でも……このお店って、営業は午後八時までなんですよね」

お店の看板に、営業時間は午前九時から午後八時までと書いてあったのを私は思い出す。

「児玉さんに会うために《ライム》を目指したとしても、彼が最後に家を出ていったのは九時頃だったから、お店はもう終わってますよね。それともここって、マスターのおうちも兼ねてるんですか？」

「一応、寝泊まりできるスペースはあるけど」と答えたのは康介さんだった。

「じーちゃんは自宅が別にあるから、基本的には使ってないと思う。俺は今、使わせてもらってるけどさ。けど、営業を終えても片づけなんかがあるから、九時頃ならまだじーちゃんも帰らず、店に残ってたと思うぜ」

でもさあ、と康介さんは腕を組み、眉間《みけん》に皺《しわ》を刻んで、

「雷雨の中、そんな時間にナイフを持って、小野塚クンはうちの店に何しに来るつもり

だったんだろ」

　まどかさんが手にしているノートにちらと視線を向け、康介さんは続けて何かを言いかけた。けれどそれは言葉にならず、やっぱりやめたというふうに首を振る。

「なんですか？」と私は問う。

「いや。ちょっと変なこと考えちゃったから」

「聞かせてください」

　私が迫ると、康介さんは困ったように頭を掻きつつ、「これはあくまで俺の勝手な想像だから、気を悪くしないでもらいたいんだけど」と前置きをした上で、言った。

「たとえば、殺人事件に興味を持ってそのノートに記録しているうちに、自分でも事件を起こしてみたくなっちゃったとか」

「………」

「だから、名探偵でもなんでもないシロートの勝手な想像だから！」

　焦って弁解する康介さんは、私がショックのあまり言葉を失ったと思ったようだ。

　でも違う。私が言葉を失ったのは、私もまた康介さんと同じようなことを考えてしまっていたからだ。

　彼は実際に起こった事件を参考にしながら、殺人事件の計画を練っていたのではないか。そしてあの夜、ついにそれを実行に移そうとしたのではないかと。

疑い始めると、他の何げないことまでが別の意味を帯びて見えてきてしまう。彼が『〇〇殺人事件』というタイトルがつく小説を好んで読んでいたことも。昔は刑事だったという児玉さんから、警察の捜査の話を興味深く聞いていたらしいことも。

左耳のイヤーカフを強く握る。そんなはずはない。彼は、そんな人間じゃない。

そこでふと、私は気づく。私が求めているのは本当のところ、真実ではないのかもしれない。私が求めているのは、自分の疑惑を否定してくれるもの。彼はそんな人間ではない、と証明してくれる事実なのだ。

鳴明の言うことは正しい。これは私のエゴでしかない。

その鳴明は、さっきからずっと静かだった。「鳴明」とそっと呼びかけてみると、「何」と応えが返ってきた。だけど彼の言葉は続かないし、私も続ける言葉を見つけられない。

「なあ、まどかは――」

康介さんの声が不自然に途切れたので目を向けると、さっきまでノートを見ていたはずのまどかさんは、両手で頭を押さえてじっと目を閉じていた。

頭が痛いのだろうか。大丈夫ですか、と声をかけようとして「シッ」と康介さんに止められる。

「今たぶん、まどかのアレが発動中だから」

「アレ?」

状況が理解できないまま、康介さんになら って静かに見守っていると、やがてまどかさんは閉じていた目を開き、頭から手を離した。ゆっくりとまばたきした瞳が一瞬、赤い輝きを帯びて見えたのはしかし、私の気のせいだったかもしれない。

「見つけた」と、まどかさんは半ば独《ひと》り言《ごと》のように口にする。

「廃店舗の敷地内をズームで確認したら、写真の中で彼が差していたのと同じ傘がそばに置かれていたよ。彼が雷雨の中、ナイフだけ持って家を飛び出していったのは、たぶんそういうことだ。放っておくと危険だと思ったんだろう」

「え?」いきなりわけのわからないことを説明され、私の頭の中には疑問符が連なる。

そういうことってどういうこと? 放っておくと危険って、何が? ズームで確認したというのも意味がわからないし。まどかさんは一体、どうしちゃったんだろう。

「相変わらず不思議だよなあ。記憶ん中、潜ってたんだろ」

康介さんの言葉に「ああ」とまどかさんは頷《うなず》く。

「七月十二日の夜、僕は仕事で午後八時頃まで大通りの近くにあるビルの中にいた。窓からは大通りの様子が見えたから、何か手がかりになるものを見ていたかもしれないと思ってね」

「八時じゃ、事故は起こる前だよな」

「それでも充分だったよ」

形の良い唇《くちびる》に淡い笑みを浮かべてみせるまどかさん。二人だけでわかり合って、私は完全に置いてけぼりだ。「あの」と私は遠慮がちに言葉を挟んだ。

「どういうことなんですか？」

「まどかは、記憶の天才なんだよ」

説明してくれたのは、康介さんだった。

「一度目にしたものを、まどかは絶対に忘れないんだ。意識的に見たものはもちろん、無意識のうちに目に入ったものも、全部映像として頭ん中に保存されてるんだってさ。で、それを確認するために、さっきのように記憶に潜るんだ。録画した映像を見るみたいに、スロー再生とか逆再生、ズームなんかもできるらしいぜ。もちろん全部、頭ん中で」

「すごい。超能力者みたい」

「みたいっていうか、れっきとした超能力者だよなあ」

康介さんは肩をすくめて、「説明してて、あり得ねえって俺も思うもん」

「そういうわけで、ちょっと行ってくるよ。まだ外は暑そうだし、あまり気は進まないけど仕方ない」

まどかさんは億劫《おっくう》そうに腰を上げ、枕代《まくら》わりにしていたクッションを康介さんの手に押しつけた。

「行ってくるって、どこへ？」

尋ねる康介さんを無視して、まどかさんは私のほうに目を向けて、言った。

「答え合わせをしに行こう」

3

時刻は午後四時半になっていたが、空はまだ青さを保っていた。気温もあまり下がっておらず、《ライム》の外に出た途端、じめっとした熱気が肌にまとわりついてくる。

まどかさんがさっさと外へ出ていってしまったため、私は慌ててクリームソーダの代金を払い、後を追いかけた。

「いきなりなんなんだ」鳴明も戸惑っている。

「答え合わせって言ってたし、何かわかったのかも」

「リッカの話を聞いて、ちょっと目をつぶってたくらいで？」

「ただ目をつぶってたんじゃなく、記憶に潜ってたんだよ」

とはいえ、あれだけで何かがわかったのは確かにすごい。現場に足を運んでもいないのに。それとも、これから現場に行くつもりなのだろうか。

数メートル先を歩いていたまどかさんが、ふと足を止めてこちらを振り返った。私も思わず足を止め、無意識に触れていた左耳から手を離す。

黙って私を見つめるまどかさん。その瞳はやっぱり心の奥底までを見通してくるようで、反射的に目を逸《そ》らしてしまいたくなる。でも、私はぐっとこらえて相手の視線を受け止めた。なんとなく、自分の何かを試されているような気がして。

足を止めたときと同様にまどかさんは唐突に背中を向け、再び歩いていく。

なんだったのかわからないまま、私も再びまどかさんの背中を追いかける。


まどかさんが向かったのは、事故の現場となった大通りではなく、繁華街の入り口近くにある小さな店だった。店先にはせいろが置かれ、中には中華まんが並んでいる。むわっと温かい湯気が頬に触れた。周りの空気とあいまって、温かいというより熱い。

真夏に中華まんは売れるのだろうかと思いつつ、目の前でふっくら蒸《む》し上《あ》がっているのを見ると、単純においしそうだとも思う。エアコンのきいた室内で食べたい。

というか、どうしてまどかさんはここへ来たのだろう。まさか、中華まんを食べに来たわけでもないと思うけど……。

「ここに、サンがいるんだよ」まどかさんは言った。

「サン？」

お店の人の名前だろうか。店頭には誰の姿もなかったが、間もなくすると奥から「いらっしゃいませー」と声がして、エプロンをつけた中年の女性が姿を現した。

「あら、あなたは……」

私を見て、女性は少し驚いたような顔をした。「あ」と私も思わず声を上げる。《ライム》へ向かう途中で出くわした、茶色い犬を散歩させていた女性だった。

「さっきはごめんなさいね。あの子がいきなり飛びついて、驚かせてしまって」

「いえ」と私は慌てて首を振る。幸い、今はあの犬の姿は見当たらない。きっと店の奥にいるのだろう。

「私のほうこそ、すごい悲鳴を上げちゃって。しかも道を教えてもらったのにお礼も言わず、すいませんでした。おかげでちゃんと《ライム》にたどり着けました」

「それはよかったわ」女性は笑顔をほころばせ、まどかさんのほうにも顔を向けて「いらっしゃい恵美さん」と改めてにっこりした。二人は知り合いのようだ。

「ちょっと確認したいんだけど。ここにサンが来たのは、ひと月ぐらい前のことだよね」

まどかさんの問いに、「ええ」と女性は朗らかに応じた。

「あの子を見つけたのは先月の半ば頃だから、確かにもうひと月ぐらい経つわね。お客さんたちにも可愛《かわい》がってもらって、今や立派なうちの看板犬よ」

なるほど、サンというのはあの犬の名前だったようだ。でも――

「あの、まどかさん……」

「それがなんだ、って言いたそうな顔だね」

だって、と私は口ごもる。名前を聞きつけて本人ならぬ本犬が今にも店の奥から飛び出してくるんじゃないかと、こちらは気が気でないのだ。

「さっきも言ったろ。答え合わせだよ。彼があの夜に何をしていたかの、ね」

ここにその答えがあると、まどかさんは言いたいらしい。

「その答えを得るための手がかりは、君の話の中に三つあった」

私以上に話の流れをつかめていない店主の女の人もそっちのけに、まどかさんはその手がかりとやらをひとつずつ挙げていく。

第一に、なぜ彼はあの雨の夜、すでに閉店後であるにもかかわらず、《ライム》に児玉マスターがいるかどうかを気にしたのか。

第二に、なぜ彼はナイフを持って出ていく必要があったのか。

第三に、傘のことを問われた彼は、なぜ「失くした」でも「壊れた」でもなく、「置いてきた」と答えたのか。

「そしてもうひとつ」とまどかさんは、新たな四つ目の手がかりをそこにつけ加える。

「僕はさっき記憶に潜って、彼の傘が実際にある場所に置かれているのを見つけた」

「ある場所？」

「大通り沿いに、今はもう営業していないパン屋の店舗がある。あの夜に彼が行った、コンビニの斜め向かい側にね。その敷地内に、広げたままの傘が置かれていた」

数年前に閉店して、そのまま放置されている建物だ。コンビニへ行くときに大通りの向こう側に見えるから、私も知っている。営業していた頃には彼と何度か買いに行ったこともある。敷地内は雑草が伸び放題で、夜になると少し不気味な感じがした。

「以上の手がかりから素直に考えれば、彼はあの夜、現在は廃店舗となっている元パン屋の敷地に赴いて、そこに傘を置いてきたことになる」

「どうしてそんなところに……」

「あ」と私の横で、店主の女性が小さな声を漏らした。そんな彼女の様子をまどかさんは横目に見ながら、

「傘というのは雨に濡れないようにするためのものだ。だから当然、彼も何かを雨から守ろうとしたんだろう」

ところで、とまどかさんは、さっき何かを言いかけた店主の女性のほうに顔を向けた。

「傘のことを、中国語では『サン』という。ここの看板犬と同じ名前だよね。そう名付けたのはどうして？」

「それは……あの子を見つけたときに、そばに傘が置いてあったからよ」

女性は答えてから「ちょっと待ってて」と言い置いて、一旦、店の奥へ引っ込んだ。

ワンワンと犬の鳴き声が、女性が引っ込んだほうから聞こえてくる。サンに違いない。

間もなくして、彼女は一本の傘を手にして戻ってきた。

「あの子を連れて帰るとき、一緒に持ってきたの」

差し出された傘を見て、「ああ」とため息にも似た声が私の口から漏れた。

梵字がプリントされたおかしなデザインの傘。こんな変な傘を持ってる人間なんて、そうそういるはずがない。

「夜遅くにコンビニへ行ったとき、さっき恵美さんが話していた廃店舗のほうから、かすかな鳴き声が聞こえてね。おそるおそる覗いてみたら、敷地の奥にあの子がいたのよ。ドッグフードの缶と一緒にその傘が置いてあったわ。屋根もないところだから、濡れないようにしたつもりなんでしょうけど。あんなところに放置するなんて、ひどいわよね」

「ドッグフードとその傘を置いていったのは、犬を放置した人間とは別人だよ」と、まどかさんは言う。

「彼もたぶん君と同じように、コンビニへ行ったときに鳴き声を耳にして、犬がいるのを見つけたんだろう。そしてコンビニで買ったドッグフードと、自分の傘を置いて、一旦はその場を立ち去った。そのときは雨もまだ小降りだったから、ひとまずそれで大丈夫だと彼は思ったのかもしれない」

落ち着いた声で紡がれるまどかさんの言葉が、私の脳裏に情景を浮かび上がらせる。ドッグフードと傘を置く。ただそれだけでも、彼にとってはかなり勇気がいる行動だったに違いない。

なぜなら彼も、私と同じように犬が大の苦手だったのだから。本来なら、近づくことさえ怖かったはずだ。私だったら……果たして、同じことができただろうか。

「だけど自宅に戻り、雨が強くなって雷も鳴り始めたことで、彼は不安になったんだ。あんな傘一本では役に立たないかもしれない。それに――」

まどかさんの顔が、再び店主の女性のほうを向く。

「廃店舗の敷地内にいたサンは、木か何かに縛りつけられていたんじゃない？」

唐突に問いを投げられて、「え？」と女性は目をしばたたく。

「そうでなければ、怪我《けが》をしているわけでもない犬が、雨に打たれたままじっとしているはずがない。もし怪我をしていたなら、彼も傘と餌だけを置いて去っていくなんてことはしなかっただろうしね」

「ええ、そうだったわ」と店主の女性は頷いた。

「あの子は敷地内にある木の幹に、ロープでくくりつけられていたの。雨が降っている上に雷も鳴っていたから、そのまま放っておくわけにもいかなくて」

彼女はそうして、サンを連れて帰ってきたのだという。サンをくくりつけていたロープは太くて頑丈で、切るのにかなり苦労したそうだ。

ちなみにそのとき、大通りにはパトカーが停《と》まっていて、警官が事故の後処理と見られる作業をしていたというから、彼女が話しているのはあの夜のことで間違いなさそうだった。

「木のそばというのは、雷が落ちる危険性が高い。だから彼も、ナイフを持って飛び出していったんだ」

ロープを切り、あの犬を木から解放するために――

彼は誰かを傷つけるためじゃなく、助けるためにナイフを持っていったのだ。それも、苦手な犬を助けるために。

「でも、犬を助けたとして、自宅には連れて帰れない理由が彼にはあった。その理由はたぶん、君だよね」

「あのとき、家には私がいて……私も犬が大の苦手だったから」

だから、彼は私に何も言わなかった。協力を求めることもしなかった。

「彼はそれで考えたんだ。あの場所から犬を連れて歩いていける範囲内で、助けてくれそうな人がいるところ。結果、彼の頭に浮かんだのが児玉マスターのいる《ライム》だった」

「ああ……」そうか。そうだったんだ。

目の奥が熱くなった。視界が滲んでぼやけていく。そのぼやけた視界に、茶色いものが映る。「ワンッ」と声が聞こえると同時に、どんっと身体に小さな衝撃が走った。

「あっ、サン。こら、また！」

女性がリードを強く引く。それでも、ぼやけた茶色いものは両方の前足を伸ばし、私に触れてこようとする。

犬は苦手だ。どうしても身体がすくみ、強張ってしまう。

だけど、強張る手を懸命に動かして。私はおそるおそる茶色い犬の身体に触れた。

やわらかい毛の感触。ふわりとしたぬくもりが手に伝わる。彼が助けようとしたぬくもり。その途中で、彼自身は失ってしまったぬくもり。

「がっかりしただろ。大した秘密じゃなくて」

私の左耳に、彼の声が聞こえてくる。

ううん、そんなことない。真実がわかってよかった。本当に、よかった。

そっけない態度の裏側に、鳴明はいつも優しさを隠していた。その優しさで、私のこともたくさん気遣ってくれていた。なのに、私は……。

疑ってごめんね、と小さく呟く。

「ごめんなさいね」と、私に合わせるように女性もまた謝罪の言葉を口にした。

「サンに傘とご飯を置いていったのは、この子を放置した人だって、私は思い込んでいたの。でも、違ったのね。その人は私より早くサンを見つけて、助けようとしてくれていた。あなたたちの知り合いなのかしら？　だとしたら、サンの代わりにぜひお礼を言いたいわ」

もしよかったら名前を教えてくれる？　と女性に問われ、私は目元を拭《ぬぐ》い、まっすぐに相手を見つめて、答えた。

「小野塚鳴明っていいます。私の、双子のきょうだいです」

4

私たちが小学生の頃、両親が離婚した。

私はお母さんに、鳴明はお父さんにそれぞれ引き取られることになって、私たちは苗字も、住む家も、通う学校も別々になった。

それでも、私たちはしょっちゅう互いの家を行き来した。二つの家は電車で数駅離れているだけだったから、行き来は楽だったし、両親もそれを許してくれていた。

鳴明とは好みや考え方なんかも違ったし、意見がぶつかることもしょっちゅうだったから、仲がいいという自覚はあまりなかったけど。それでも、気づけばなんだかんだ私たちはいつも一緒にいた。

私たちにしてみればごく自然なこと。でも、傍《はた》から見るとその距離感は特別なものに映ったようだ。恋人同士と間違われることもしょっちゅうだった。

たぶん私たちは、ともにいることでお互いが持っていないもの、足りないものを補っていたのだと思う。少なくとも、私はそうだった。

私にとって鳴明は半身。大切な自分の片割れだった。

皮肉にも、鳴明を失って初めて私はそのことに気づいたのだけど——

「まどかさんは、ほんとに名探偵なんですね」

女性のもとを後にした帰り道。やっぱり少し先を歩くまどかさんに、私は言った。手にはほかほかの中華まん。帰りしな、女性がお土産《みやげ》にくれたのだ。

肌に触れる空気はまだ熱を含んでいたけれど、日差しは夕方のそれに変わりつつあり、風も出てきたことで少し過ごしやすくなっている。手の中の中華まんの温かさは不快ではなかった。むしろ、じんわりと胸に沁《し》みて心の空いた部分を温めてくれるようだ。

「あ、疑ってたわけじゃないんですよ。でもあの犬や、それを連れて帰った人のことまで、私の話を聞いて記憶に潜っただけで、全部わかっちゃうなんて。すごいなあって改めて思って」

まどかさんが足を止めて振り返る。その手には私と同じ中華まん。まだ口をつけていない私のものに対し、まどかさんの中華まんにはすでに何口かかじった跡がある。

「別にすごくないよ、このくらい」

謙遜《けんそん》ではなさそうだ。名探偵であるまどかさんからしてみれば、あの程度のことは謎《なぞ》と呼べるものでもなかったのかもしれない。

「それに、全部でもない。君たちが双子のきょうだいだということまではわからなかったしね」

それは私の説明不足だ。写真を見せた段階で、すべて説明した気になっていた。私にとっては、あまりにも当たり前の事実だったから。でも、あんな誤解に基づいた写真一枚から私たちの関係を正しく理解しろというのは、いくら名探偵でも無茶な話だろう。

「じゃあ、僕はこっちだから」

分かれ道に来たところで、まどかさんが自分の進行方向を指す。《ライム》へと戻る道。一方で私が向かうのは、自宅へ帰るための道。地下鉄の駅へと向かう道だ。

「はい。いろいろとありが――」

お礼を言いかけて、はたと気づく。「ちょっと待って。もうひとつだけ」

中華まんを片手に私はバッグを探り、中から手帳サイズの黒いノートを取り出す。

「このノートは、結局なんだったのかなって」

私が差し出したノートにちらりと目を向けると、「それは、僕に訊くことじゃないんじゃない？」とまどかさんは答えた。

「え……」

「彼のことは、僕なんかよりも君が一番よく知っているはずだろ」

まどかさんの視線が、私の顔の正面からやや左側に逸れる。反射的に私は、イヤーカフをつけた左耳に触れた。

もしかして、まどかさんはわかっているのだろうか。周りから心配されている今の私の状態まで。彼の形見をつけたこの耳で、ひそかに私が聞いているものを。

「……やっぱり、すごい」

私はいま一度、心からの感嘆を口にした。

「名探偵って、ほんとにすごい。それに、記憶の天才なんて……すごくうらやましいです。一度記憶したことは絶対に忘れないなんて。私は、忘れっぽいから」

だからきっと、私はそのうちに忘れてしまうのだろう。大切な片割れが生きていた頃の明確な姿も、彼の声も。今は忘れようもないほどはっきりとしていても。時が経つうちにきっと、少しずつ薄れていってしまう。

それが怖いから、私は彼の声をとどめていた。一緒に歩くとき、いつも私の左側にいた鳴明。私の左耳は、彼のたくさんの声を記憶している。

だから、私はそれをよみがえらせていた。「ねえ、鳴明」と呼びかければ、「何?」と応える声を繋ぎ止めて。彼の残響を、自分の耳と心の中に閉じ込めていた。

「君が思うほどいいものでもないけどね」

まどかさんはそっけなく言って、中華まんの最後のひとかけらを口に放り込む。

「記憶が決して色あせず、思い出に変化しないということは、そんなにいいものでもないよ」

その言葉の意味を考える時間をしかし、まどかさんは私に与えてくれなかった。「じゃ」と言って背を向け、マイペースな足取りで歩いていく。

最後に見たまどかさんの表情は気だるげで、少し眠そうだった。

《ライム》のカウンターの片隅《かたすみ》で、彼は再び穏《おだ》やかな眠りの世界に戻っていくのだろう。眠り姫探偵。そんな名称がふと頭に浮かぶ。

遠ざかっていくまどかさんの後ろ姿を眺めながら、「ねえ、鳴明」と私は呼びかける。「何?」と応じる彼の声。

こんな私の状態を、お母さんもお父さんもひどく心配している。鳴明の死を受け止められず、おかしくなってしまったと思っている。お母さんがお父さんに電話して「病院に連れていったほうがいいかしら」なんて相談しているのも聞いてしまった。

でも、わかってるんだよ。鳴明がもういないことは。わかっているからこそ、私は必死に自分の中で彼の声を再生し続けている。忘れたくないから。それ以上に、片割れのいない世界で一人、歩き続けるのは怖いから。

「ねえ、鳴明。あのノートって、なんだったの？」

尋ねると、やや間を置いてから「俺の創作ノート」と声が返ってきた。

「自分でもミステリ、書いてみたいと思って」

その応えは鳴明ではなく、私自身の中から生じているものだということも、よくわかっている。だけど彼の声が教えてくれたその真実が、間違ったものだとは思えなかった。

だって私は、誰よりも鳴明のことを知っているから。

「じゃあなんで、あんな引き出しの奥に隠すようにしていたの？」

「あんなの見られたら、妙な疑いを持たれるかもしれないだろ。殺人事件に興味津々なアブないやつって。それに、現実の事件からアイディアを得ようとしてるのも、不謹慎って思われるかもしれないし」

「確かに持っちゃったよ、妙な疑い」

「だから絶対に見られたくなかったんだよ。何より……恥ずかしいだろ」

ふてくされたような鳴明の声が、私はけっこう好きだった。ふふ、と私は笑う。

わかってしまえば、なんてことはない。私の知る鳴明は、何ひとつ間違っても変わってもいなかった。

そしてこの先も。鳴明はもう、永遠に変わることはない。

「読んでみたかったなあ。鳴明が書いたミステリ」

鳴明の声は返ってこない。私は左の耳に手を添えて、言葉を続けた。

「私もこれからはミステリ小説ってやつ、読んでみようかな。本物の名探偵にも会っちゃったことだし」

そしていつか、鳴明の代わりに書いてみようか。あの眠り姫探偵をモデルにして。死んだ相方の『声』に尻《しり》を叩《たた》かれ、しぶしぶ現場に出向く怠惰な名探偵の物語なんて、ちょっと面白そうだ。

鳴明の形見のイヤーカフに触れる。そこにはまった小さな石の輪郭《りんかく》を指先でなぞる。

私に必要なのは、ひとつの勇気。一人で前に進んでいく勇気だ。

彼は勇気を出して、大の苦手だった犬を一人で助けようとした。

だから、私も見習わなくちゃ。

「ありがとね、鳴明」

囁《ささや》くように言って、私は左耳からそっと手を離す。

意識して足を動かし、大きく一歩、踏み出してみる。片割れのいない世界はひどくアンバランスだ。空いた身体の左側がスースーする。

だけど私は、このバランスに慣れていかなきゃいけない。私の人生は、これから先も続いていくのだから。

手の中の中華まんをひと口かじる。ちょっと冷めてしまっていたけれど、ふっくらとした食感は優しく私の心を包み込んでくれた。

ふと見上げた空には、金の色がまじり始めている。

その色は、イヤーカフについた石の色とほんの少し似ていた。

第二話　不誠実な誠実

＊

「康介の淹れるコーヒーって、ほんっとにひどいよね」

カップに口をつけるなり、恵美まどかは整った顔を思いきりしかめてみせた。

「まずい」ではなく、もはや「ひどい」になっている。

「お前が淹れろっつーから淹れたんだろーが」

カフェオレにシナモンとハチミツを入れた『恵美まどかスペシャル』。まどかはここへ来るといつも、特別につくってもらったそれを飲んでいたらしい。

俺が《ライム》で店番をするようになり、初めてこいつが店を訪れたとき、注文されて俺はすでにこれを一度つくってやっている。結果、「まずい」と一刀両断された。従って、懲《こ》りずに頼むほうが悪いと思う。

「マスター代理をやってもう二十日くらい経つんだから、少しは上達してるだろうと思ったのに」

「甘いな。この康介様はそう簡単にお前の思い通りになるタマじゃねーんだよ」

「言ってる意味がわからないし。得意げに胸を張ることじゃないだろ」

カウンターに頬杖をつき、まどかは呆れ切ったふうなため息を落とす。

「こんな状態だと、そのうちお客も来なくなるよ。というか、すでにいない気もするけど」

席数が十席にも満たない小ぢんまりとした店内には現在、俺とまどかの姿しかない。ここ最近はこういう光景も珍しくないから、まどかの危惧《きぐ》はもっともだ。

「今のとこはまだ、眠り姫ファンが来てくれてるけどな」

「何それ」と怪訝《けげん》な顔をするまどか。こいつの寝顔を拝むために店を訪れる客が一定数いるのだ。何しろまどかは、黙って寝ていれば『天使のような』という形容がぴったりな顔を見せてくれる。知らぬは本人ばかりなり、だ。

「つーかお前こそ、しょっちゅううちにサボりに来るけどさ。そんなんで事務所は大丈夫なのか？」

まどかの事務所はこの店の近くにあるらしい。ここはまどかにとって絶好の隠れ家のようだが、それにしたって少々気軽に来すぎだろう。

「だって仕事したくないんだもーん」

そう言って、まどかはお気に入りのクッションを抱え込む。こいつも名探偵としては相当に「ひどい」。

「それに僕が来なくなったら、康介だって困るだろ。眠り姫ファンのお客も来なくなるんだから」

ふんわりしたクッションに頭をのせていたずらっぽく微笑《ほほえ》むと、まどかは「おやすみー」と言ってそのまま目を閉じた。

まったく。人の気も知らないで……。

と、シャランと入り口のドアベルが音を立てた。俺は気持ちを切り替えて、「らっしゃーい！」と明るい声と朗らかな笑顔でもって客を迎える。

入ってきたのは、二十歳前後と思しき青年だった。Tシャツにカーゴパンツという装いで、ネイビーブルーの小ぶりなスポーツバッグを肩に掛けている。

何やらふてくされたような顔つきで青年はカウンターのほうへやってくると、「トイレ借りてもいい？」とぶっきらぼうに尋ねてきた。「どーぞ」と俺が答えると、カウンター脇《わき》にあるドアのノブに手をかけようとする。

「あ、そっちじゃなくて。トイレはあちらでーす」

入り口の左手にあるドアを示して教えてやると、青年は身体の向きを変え、無言でそちらへ歩いていった。

青年が間違えそうになったドアの向こうは地下のバックヤードに続いている。倉庫兼ちょっとした居住スペースになっていて、ここの店番をするようになってからは俺が大いに利用させてもらっている。

この店は店主の自宅を兼ねていないのに、なぜ居住スペースがあるのかといえば、ここはもともとバーだったのを居抜きで買って、十五年前に《ライム》としてオープンした店だからだ。もとのバーの店主は、ここを住居としても使っていたらしい。だから居住スペースは当時の名残《なごり》というわけだ。

地下室だけでなく、店の外観や内装もバーだった頃とほとんど変わっていないらしい。本棚を置いたり、棚の位置を調整したりといった程度の変化はあるようだが。

しばらくすると、トイレから青年が出てきた。再びカウンターのほうへやってくると、左端の席に座るまどかをちらと見やり、自身は右端の席に腰を下ろす。

「これ、もらったんだけど」

青年はスポーツバッグのポケットを探り、そこから取り出した紙切れを俺に差し出してきた。紙切れには『コーヒー無料券』と大きく印字されていて、《ライム》にてブレンドコーヒーが一杯無料になる旨が記されている。

「へえ。こんな券あったんだ」

俺は初めて目にするものだった。受け取ったその券からは、ふわりと何かの香りがした。なんとなく寺を思い浮かべる匂《にお》いだ。

「だいぶ前にマスターがつくって、常連客に配ってたよ」

あくびまじりにまどかが言葉を投げてくる。彼ももらったことがあるらしい。「今、その券を使うのはあんまりおすすめしないけどね」とつけ加えたが、青年の耳には入らなかったようだ。メニューを眺めていた青年は、「あと、アイスクリーム」と追加注文をした。

青年の顔立ちにはまだどことなくあどけなさが残り、学生のような雰囲気がある。一方で眉に光っているピアスといい、どこかふてくされたような表情といい、少々やさぐれた印象も受けた。

とはいえ、やさぐれていようとなんだろうと、普通に客として飲食していってくれるぶんにはなんら問題はない。俺は張り切ってコーヒーを淹れる。

「はい、ブレンドコーヒーとアイスクリーム、お待ちー」

注文の品を置くと、俺の左手の辺りを見て、青年は「ちっ」と不機嫌そうに舌打ちした。

え？　と俺は自分の左手を確認する。俺、なんかおかしなことしたか？　もっとていねいに置けと言いたいのか？　しかし相手はそれきり何も言ってくることはなかったので、俺も何も聞かなかったことにした。

間もなくすると、青年は今度は「ぐっ」とうめき声を漏らした。

今度は一体なんなんだと目を向けると、青年は口元に手を当ててじっとうつむいている。もう片方の手は、コーヒーカップの持ち手に添えられていた。

ああ、なるほど。このリアクションの原因は俺にもわかった。

「これ、なんの嫌がらせだよ？」

案の定、こちらを睨《にら》みながら青年はカップを突きつけてきた。

「いやいや、嫌がらせなんてそんな」俺は手と首を同時に振り、

「俺としては、極めて真面目《まじめ》かつ誠実に淹れてるつもりなんですけど」

「それであんなにまずいんだから、大問題なんだよ」

まどかが横からまたも口を挟んでくる。いいからお前は黙って寝てろ、まどかチャン。

「誠実……ね」へっと青年は、唇をゆがめるようにして自嘲《じちょう》気味に笑った。

「誠実ってのは、難しいよな」

そう呟くように口にすると、青年はもうそれ以上文句を言ってくることはなかった。

黙々とアイスを食べ、感心なことにコーヒーもきちんと飲み干して。飲食を終えると、青年は席を立って会計を求めてきた。

その際、カウンターの端に置かれていたスポーツバッグに彼の腕が当たり、バッグが床に落ちた。拾ってやろうと、俺は反射的に腰を屈《かが》める。

なんの気なしにバッグを手にした俺は、思わず目を丸くした。

落とす前に青年が財布を取り出していたため、バッグのファスナーは半分ほど開いていたのだが、その隙間《すきま》から無造作に押し込まれた幾枚もの一万円札が覗いていたのだ。視界の端から伸びてきた手が、搔《か》っ攫《さら》うようにして素早くバッグを取り去る。顔を上げると、尖《とが》った目が俺を見据えていた。

青年はそのまま無言で会計をすませると、スポーツバッグを抱えて、逃げるように店を後にしていった。

それは八月二十日の、午後四時を過ぎた頃のことだった。

1

イライラしているときというのは、のどかで平和な公園の風景さえもが意味もなく腹立たしく思えるものだ。

〈藤樫《とがし》さん、息子さんのこと聞きましたけど。大丈夫ですか？〉

後輩刑事が送ってきたそんな純粋な気遣いのメッセージにさえも、「うるせえ。全然大丈夫じゃねえよ」と悪態《あくたい》を返したくなる。きっと今の自分は、警察官にはあるまじき凶悪なオーラを発散させていることだろう。

八月二十二日、平日の午後。大きな池が目に涼しげな礫域《れきいき》公園は、この辺りの住民たちの憩いの場となっている。日差しはまだ強かったが、それでも日陰でのんびりと過ごす人々の姿はちらほらと見受けられた。

自作の絵を並べて売っている若者や、アイスを売る屋台なんかもある。絵はともかく、この気温だとアイスはかなり売れるに違いない。

俺もクールダウンをしなければ。身体以上に、頭を冷やす必要があった。イライラは血圧を上昇させる。高血圧には気をつけろと、この前の健康診断のときに医者から言われた。五十ってのはそういう歳なのかと、少々ショックを受けた。

けどアイスなんかじゃ、俺の中に渦巻くもやもやとした熱は収まらない気がする。

こういうときは、やっぱり——俺は肩に掛けた深い青色のスポーツバッグに目を落とす。このバッグの中の金をパーッと使ってスロットで一発当ててやれたら、どんなにすっきりすることだろう。

「……んなわけねえだろうが」

しっかりしろ、藤樫正義《まさよし》。心の中で己を叱咤《しった》する。そんなことをしたらおしまいだ。人としても、刑事としても。そして、父親としても。

とはいえ気分転換というものは必要だ。自分の金を使ってちょっと一勝負するくらいなら構わないだろう。そう、ほんの一時間程度なら。そんなことを考えながら左手首に目をやり、俺は小さく舌打ちした。

長年の癖で、つい時計を確認しようとしてしまった。今やそこには日焼けの跡しかないというのに。

ジージーとセミの声が耳障《みみざわ》りだ。うるさくて暑くて忌々《いまいま》しい。しかもそんなときに、俺は最悪なものを見つけてしまった。

木陰のベンチに座って目を閉じている、一人の若者の姿。銀に透ける髪をかすかな風になびかせて穏やかにまどろんでいるのは、俺の天敵ともいうべき探偵、恵美まどかだった。

なんでこんなところにいやがるんだ。新たな苛立《いらだ》ちが俺の中に渦を巻く。日向《ひなた》ぼっこする年寄りじゃあるまいし。事務所はすぐ近くにあるのだから、寝るなら帰って寝ればいいものを。妙に心地よさげなのがまた腹立たしい。

「こんなところで午後のお昼寝とは。名探偵殿は優雅でうらやましいですな」

嫌みたっぷりに声をかけてやると、恵美はぱちりと目を開けて俺を見上げた。

一見すると、麗しの美少女といった風情がある。もし俺が何も知らなければ、アイスのひとつくらいおごってやろうという気になったかもしれない。

だが、見た目に騙《だま》されてはいけない。こいつはとんだ曲者《くせもの》だ。

探偵として、優秀ではあるのだろう。しかしこいつにとって、事件の捜査は謎解きゲームにすぎない。俺らが街中を駆けずり回り、汗水流して手に入れる情報を、こいつは事務所でふんぞり返ったまま、独自のルートで手に入れる。あげく、それをもとに推理をし、解決してみせることで、最終的な手柄《てがら》まで俺らから奪い去っていく。

「万年主任の刑事さんこそ、優雅に午後のギャンブルでもしに行くの？」

眠そうに目をこすりながら、恵美はそんな言葉を返してくる。

俺がいる八柳署《やなぎしょ》は集骨町を管轄していて、こいつの縄張りもまた集骨町だ。だから必然的に顔を合わせる機会は多いわけだが、それにしたってどうしてこのガキは、俺が休日によくスロットをやりに行くことや、巡査部長の主任という立場から何年も抜け出せずにいることを知っているのだろうか。

どこまでも腹立たしく、クソ生意気で可愛げのないガキである。

「そんな呑気《のんき》じゃねえよ。こちとら病院へ、息子の見舞いに行ってきた帰りだ」

憂《う》さ晴《ば》らしにちょっとスロットをやりに行こうかと考えていたのは事実であるが。

しかし、息子のことを口にしたのは余計だったかもしれない。刈ったばかりの後ろ頭をがりがりと掻いていると、俺が手にするバッグを見て、「あれ」と恵美が小さく声を上げた。

「そのバッグって……」

「俺には似合ってねえって言いたいんだろうが、こいつは郁也《いくや》――息子のもんだ」

そして目下、俺の苦悩と苛立ちの種だった。できることならどっかに始末して、その存在を永久になかったことにしたい。もちろん、そんなことはできるはずもなかったが。

ふっと恵美の焦点が俺から外れた。その瞳が一瞬、赤く光ったように見える。しばらく恵美はどこか虚空を見つめるようにぼんやりとしていたが、やがてまた不意に焦点をこちらに戻し、「うん、間違いない」と頷いた。

「バッグについたかすかな汚れも、ファスナーについた小さな傷も同じ。おとといの彼が持っていたバッグだ」

「おとといの、誰がなんだって？」

聞き捨てならない台詞《せりふ》だった。まさに今、俺が知りたいと思っているのは、息子である郁也のおとといの行動なのだ。

「僕がよく行く《ライム》っていう喫茶店に、おとといの夕方にやってきた客。その客がそのバッグを――」

恵美が最後まで言い終わらぬうちに、俺はその腕を強引に引っ張っていた。

礫域公園の近くにある総合病院。その外科病棟に、息子の郁也は入院している。

「ねえ、ものすごく迷惑なんだけど」

俺に手を引っ張られたまま、院内の廊下を歩く恵美は不機嫌だった。ベンチで優雅な午睡《ごすい》をしていたところ、無理やりにこんなところまで連れてこられたのだから当然だ。

「いいから、ちょっと付き合え。後でアイス買ってやるから」

「僕のこと、子ども扱いしてるだろ」

「俺からすりゃ充分ガキだ。お前、うちの馬鹿《ばか》息子とそう変わらない歳だろうが」

恵美はむっとした顔をしたが、当初口にしようとした文句は呑《の》み込《こ》んで、「せめて説明くらいしてほしいんだけど」と言ってきた。

その要求はもっともだったので、郁也の病室に向かいながら、俺は簡潔に状況を説明する。

おととい──八月二十日の夜、郁也は一人暮らしをしているアパートの部屋を飛び出し、明け方になって繁華街の路地裏でボロ雑巾《ぞうきん》のようになって倒れているのを、通行人に発見された。

酒をしこたま飲み、酔った勢いで店にいた他の客にケンカを吹っかけたらしい。大馬鹿野郎としか言いようがないが、このケンカについてはすでに相手を見つけて、話もついている。

「そもそも、どうして郁也はアパートの部屋を飛び出したわけ？」と恵美が問うてくる。

「このバッグのことで、俺と言い合いになったからだよ」

俺は答えて、忌々しいスポーツバッグを掲げてみせた。

あの夜、俺は仕事終わりに郁也の様子を見ようとアパートに立ち寄った。そして、ダイニングテーブルの上に置かれていたこのバッグを見つけたのだ。郁也が咄嗟《とっさ》に隠そうとしたため、怪しいと思って中を確認したところ、一万円札が五十枚、無造作に詰め込まれていた。

金の出処《でどころ》を訊いても郁也は答えず、しまいには部屋を飛び出していった、というわけだ。

「それで、郁也は今はなんて言ってるの？」

恵美がまた問うてくる。「そのバッグを持って郁也の見舞いに行ったということは当然、その中の金について改めて郁也に尋ねたんだろ」

「『覚えてない』の一点張りだ」

このバッグの金のことはおろか、おととい自分がどこで何をしていたのかも、覚えていないと郁也は言う。

「頭を打ったせいで、部分的な記憶喪失を起こしているのかもしれないって、医者は言うんだけどな」

耳元の髪をいじりながら「ふうん」と恵美は応えた。

「とにかく、郁也に会ってみてくれ。お前がおととい会った相手が郁也だったっていうなら、お前の顔を見りゃ、あいつもなんか思い出すかもしれねえだろ」

2

だが恵美と会っても、郁也の様子に変化は見られなかった。

病室に入ったとき、恵美を見て郁也の顔にほんのわずか驚きが広がったような気がしたが、それは単純に相手の容姿を見ての驚きとも受け取れた。

「やあ、また会ったね」

恵美が郁也にそう声をかけたことから、おととい恵美が会った相手は郁也に間違いなさそうだったが、郁也のほうは漠とした会釈を返すだけだった。

ベッドの上で半身を起こす郁也の頭と右腕には包帯が巻かれ、右の頬にも大きなガーゼが貼《は》られている。頬はまだ少し腫《は》れていたが、これでもだいぶマシになった。昨日はもっとひどく腫れて顔の輪郭が大きくゆがみ、別人のような容貌《ようぼう》になっていた。

「君とはおととい、《ライム》っていう喫茶店で会ったんだけど。覚えてない？」

「……覚えてない」ふてくされたように郁也は答える。

「そう。康介が淹れたコーヒー、君はすごくおいしそうに飲んでたんだけど」

恵美のその言葉に郁也は一瞬、眉をひそめてみせた。だが、すぐにふいと目を逸らして「覚えてない」と繰り返す。

その態度にも、聞き飽きた台詞にも俺はイライラさせられたが、郁也のほうもまた、覚えていないことばかりを繰り返し尋ねられてイライラしているのかもしれなかった。

結局、恵美を郁也に会わせたところで得たものは何もなく、状況も何も変わらなかった。

そうなると、このバッグもいつまでも俺が持っているわけにはいかないだろう。

「つまるところ藤樫刑事は、そのバッグのお金の出処を知りたくて躍起になってるわけ？」

病室を出て、郁也のバッグに目をやりながらため息をついていると、恵美が問うてきた。

「どっからぶんどってきたものなのか、早急に突き止める必要があるからな。……あの馬鹿野郎。一年前の件でさすがに懲りたと思ってたんだがな」

「一年前の件って？」

「身内の恥だからあんまり言いたかねえが、郁也は一度、窃盗で捕まったことがある」

六年前に母親を病《やまい》で亡くしてからというもの、郁也は問題ばかりを起こしてきた。ケンカにカツアゲ、万引き、飲酒に喫煙。数え上げたらキリがない。それでもそれまでは幸い、穏便な処置ですませられてきたのだが、一年前にとうとう窃盗の現行犯で逮捕されたのだ。

「あのときは俺もとにかく必死だった。方々に働きかけて、頭を下げまくって。どうにか起訴猶予で不起訴処分になったんだ。郁也のやつも、本気で反省したように見えたんだが……」

「誠実っていうのは難しい。おととい、彼はそう言っていたよ」

「……クソが」

吐《は》き捨《す》てた後、もう何度目になるかわからない深いため息を俺は足元に落とす。

「中途半端《ちゅうとはんぱ》な親心なんざ、いっそ捨てちまうべきなんだろうな」

一年前に続いて今回もまた、息子を犯罪者にしたくない――前科持ちにさせたくない、という思いが俺にはあった。世間に言わせれば、愚かで甘っちょろい親心だ。

だからこのバッグの金も、郁也自身の手で持ち主に返却させたいと考えていた。本来ならば、見つけた段階でとっとと警察の手に委《ゆだ》ねるべきだったのに。

父親が助けてくれると思うからこそ、郁也は懲りずに悪事を繰り返す。息子を駄目にしているのは、結局のところこの俺なのだ。

「このバッグは、うちの職場に持っていくことにする」

そして担当者に渡し、しかるべき捜査をしてもらう。結果として郁也がまた逮捕されるというならば仕方がない。今度はもう余計なことはせず、当然の処置として受け入れる。郁也のためにも。

「ってなわけで、付き合わせて悪かったな」

「だけど、郁也が盗んだものだとまだ決まったわけじゃないだろ」

恵美の言う通り、現状では該当する被害届は出されていない。だが、まだ出されていないだけかもしれないし、それこそ郁也は一年前の一件で学び、妙な知恵をつけた上で犯行に及んだのかもしれなかった。

「盗む以外に、あいつが五十万なんて大金を手に入れられるわけがねえんだよ」

親として、そんな断言ができてしまうことが情けない。

「仕事は長続きしないから大した給料ももらえねえし。それでしょっちゅう金がないってぼやいてる。アパートの家賃だって、ここ最近は俺が払ってやってんだ。妙なとこで金を借りられても困るからな。人様から金を借りるようにはなるなって昔から口を酸っぱくして言ってたら、人様から盗むようになったってんだから笑えねえオチだよ」

まったく、本当に笑えねえ。香織《かおり》が死んでから、不器用ながらも男手ひとつでそれなりに頑張ってやってきたつもりなのに。なんであんなふうになっちまったのか。

仕事が忙しくてあまり構ってやれなかったのは事実だ。それでも必要なことはきちんと叩き込んだつもりだった。誠実に生きろと、かねてより俺は郁也に言ってきた。一年前の件で不起訴処分が決まったときには、それこそしつこいくらいに言い聞かせた。

一緒に香織の墓参りに行って、「これからは誠実な人間になる」と、郁也は母親の墓前で誓ったのだ。ちゃんと真面目に生きると。

なのに——結局はこれだ。

「ねえ、ひとつ賭《か》けをしない？」

突然、恵美はそんなことを言ってきた。「藤樫刑事、賭け事は好きでしょ」

「お前と賭け事遊びをするほど、こっちは暇じゃあ——」

「そのバッグの中身と、郁也のおとといの行動について調べるのに僕も協力する」

「なんだと？」俺はまじまじと目の前の相手の顔を見つめる。

真昼間の公園で堂々と寝ていたことからもわかる通り、恵美まどかは日頃から仕事をしたがらない怠け者で、事務所の仲間からもしょっちゅう尻を叩かれている。そんなやつが自分から協力を申し出るなんて……ましてや、この俺に。

一体、どういう風の吹き回しだ。ものすごく気持ちが悪い。

「結果として、その金が郁也がどこからか盗んできたものだったなら、藤樫刑事の勝ち。そうでなかった場合には僕の勝ち」

どう？　と恵美は、どこかいたずらっぽい笑みを浮かべて俺に挑んでくる。

「……勝ったら、どうすんだ？」試しに俺が訊いてみると、

「僕が勝ったら、君にはありったけの誠意を込めて土下座してもらう」

土下座って、ガキかよ。まあ実際、ガキなんだろう。憎たらしい小僧がいかにも考えそうなことだ。

「いいぜ。その代わり俺が勝ったら、俺もお前に土下座してもらうからな」

ここで断ったところで、俺ができることといえばバッグの金を職場に持っていくことくらいだ。恵美の賭けに乗ることで何かがわかるというのなら、付き合うのにやぶさかではなかった。

「で、これからどうすんだ？」

どのように調べていくつもりなのか。名探偵殿のお手並み拝見だ。

「重要なのは、どうやって郁也が五十万もの大金を手に入れたのかということよりも、どうして郁也は五十万もの金を必要としたのか、ということだと思う」

恵美は動機のセンから追っていくつもりらしい。いつも金欠にあえいでいた郁也だ。金をほしがる理由なんて大して重要じゃないと俺は思ったが、あえて口は挟まずにおいた。

「まずは《ライム》へ行こう」

そう宣言してから、恵美はにっこりと笑顔をこちらに向けた。

「藤樫刑事、アイスを買ってくれる約束だったよね？」

3

まさか、天敵の探偵小僧と並んで街を歩く日が来るとは——世も末だ。

といっても、実際に肩を並べて歩いているわけではない。着る布団とでも呼びたくなるようなずるずるした上着の裾《すそ》を揺らし、先導するように恵美は俺の数歩先を歩いている。

このクソ暑い中、よくもそんなものを羽織っていられると思うが、本人いわく「夏用だよ。ほら、生地《きじ》が薄いだろ」とのこと。陽に透かしてその薄さと軽やかさ、ついでに肌触りのよさをアピールしてきたが、ものすごくどうでもいい。

不意に、恵美がおかしなステップを踏んで足を止めた。

《日次堂《ひつぎどう》》と、毛筆の古めかしい書体で書かれた看板が掲げられた店の前だった。軒先には売り物だかゴミだかよくわからないガラクタがゴチャゴチャと並べられている。

この界隈《かいわい》ではちょっとした名物となっているリサイクルショップだった。店の雰囲気に合わせるなら、古道具屋と呼ぶべきかもしれない。

様々なものを節操なく取り扱っていて、この街のカオスを体現したような様相を呈《てい》している。たまにしれっと盗品がまじっていたりもするので油断がならない。

店の前では、店主の親父《おやじ》が柄杓《ひしゃく》で道に水をまいていた。先の恵美の奇妙な動きは、その水を避けたためらしい。

「こんな日中に打ち水をしても、蒸発して余計に蒸し暑くなるだけだと思うけど」

恵美の言葉に、店主の親父が顔を上げる。「よう、名探偵」と言って、店主は欠けた歯をむき出すようにして笑った。どうやら恵美とは顔見知りのようだ。

店も胡散臭《うさんくさ》けりゃ、この店主もまたかなり胡散臭い。六十は過ぎていると思うが、一見して年齢も国籍も不詳だ。もともと小柄な上、猫背なので余計に縮まって見える。老猾《ろうかい》な猿の妖怪《ようかい》が人に化けたような風情があった。

「いいんだよ。俺がやりたいからやってんだ」

そう応え、店主の親父は桶《おけ》の水を柄杓ですくって道にまく。そうしながら「ひょっとして、またあの店に行くのか？」と恵美に尋ねた。

「うん。アイスをおごってくれるっていうから」

この人が、と恵美は俺を指差す。断じて、アイスをおごりに行くわけじゃねえけどな。

「物好きだねえ」親父は呟くように言って、柄杓の水をまた盛大にまき散らす。ひょいと恵美は意外に機敏な動きで水しぶきを避けたが、恵美が避けたことにより、その脇に立っていた俺のスラックスに被害が及んだ。

「つめてっ」

「鈍《にぶ》いなあ、藤樫刑事は」

くすくすと笑いながら、上着の裾を軽やかにひるがえして恵美はまた歩き出す。あのクソガキ。俺はポケットからハンカチを取り出して、濡れたスラックスの裾を拭《ふ》く。

そもそもこのクソ親父も、打ち水をするのはいいがもっと通行人に配慮しろってんだ。

すると目の前に、そのクソ親父のものと思しき手が突き出された。その手はタオル——ではなく一枚の紙切れを握っている。

「なんだよ?」顔を上げて俺は問うた。

「大事にとっておいた最後の一枚だったんだが、特別にタダで譲ってやる。ズボンを濡らした詫《わ》びだ」

もったいぶった様子で渡された紙切れからは、ぷんと強い白檀《びゃくだん》の香りがした。

その紙切れには、『コーヒー無料券』と印字されていた。

「なんだ。《ライム》って、児玉さんの店じゃねえか」

古めかしい倉庫のような赤レンガふうの建物を見上げ、俺は呟いた。

店名を聞いても今までぴんとこなかったのは、俺がその店を《アール》という名だと勘違いしていたからだ。店の看板は一見してRの一文字が目立つため、てっきりそれが店名だと思っていた。

「藤樫刑事は、マスターと知り合いだったの？」恵美が尋ねてくる。

「昔、同じ署にいたことがあるんだよ。児玉さんも前は刑事だったからな。だからこの店も、オープン当時に一、二回ほど来たことがある」

児玉さんと仕事をしたのは八柳署ではなく別の署にいた頃の話で、もう二十年ぐらい昔のことになる。もっとも、それほど親しい間柄だったわけではない。ここへ一、二度しか訪れたことがないのもそのためだ。中途半端な知り合いの店というのは、お互いに気を遣ってしまい、かえって行きづらいものがある。

児玉さんと会うのもずいぶん久しぶりだ。懐《なつ》かしさを胸に恵美の後に続いて店内に入ると、カウンターの中に立っていたのはしかし、見たことのない若い男だった。

「らっしゃーい！」

やたらテンション高く俺らを迎えてくる。オープン当初は児玉さんが一人で切り盛りしていたはずだが、今はバイトを雇っているのだろうか。店内に児玉さんの姿は見当たらず、それどころか他の客の姿もなかった。

「まどかチャンが客を連れてきてくれるなんて。珍しいこともあるもんだなー」

「その呼び方、やめろって言ってるだろ。それに彼は客じゃなくて、八柳署の刑事だ

た。

よ」

「は？　刑事？」バイトと思しき若い男は、ヤバいブツを見るような目を俺に向けてきた。

「あいにく俺は、清く正しく真面目に生きてるっすよ。税金もちゃんと払ってるし」

「違うよ、康介。刑事さんはアイスをおごってくれるんだってさ。ちなみにこの藤樫刑事は昔、マスターと同じ署にいたことがあったらしいよ」

そう説明しながら恵美は、勝手知ったる様子でカウンターの左端の席に腰を下ろす。

「え、マジっすか？　そーゆーことは早く言ってくださいよ」

「今の会話の流れで、どこにそんなこと言う暇があったよ」

「それもそうっすね」あははー、と男は能天気に笑い、

「その節はじーちゃんがお世話になりました！　俺、孫の入山康介っていいます。アイス、ゴチになりますっ」

カウンターの向こうで勢いよく頭を下げてきた。児玉さんの孫？　っていうか、なんで俺がお前にまでアイスをおごることになってんだよ。

だが俺にそう突っ込む間も与えず、「アイス二つ入りまーす」と康介は高らかに告げ、いそいそと自分で二人分のアイスを用意し始めた。

「あ、藤樫刑事もアイス、いります？」

かと思えば、はたと気づいたように尋ねてくる。……だめだ。この小僧のペースにはついていけそうにねえ。

「俺はこいつでいい」

俺がコーヒー券を渡すと、「あー、またこの券か」などと言って康介は受け取った。

「藤樫刑事、いつの間にそんなもの持ってたの？」恵美が意外そうに問うてくる。

「さっき、《日次堂》の親父からもらったんだよ。スラックスを濡らした詫びっつって」

ふうんと応える恵美。カウンターの中では康介がコーヒー券に鼻を近づけて、「やっぱこれもか」などとわけのわからないことを呟いている。

児玉さんは三十代の頃に離婚して、まだ小さかった子どもは妻のほうに引き取られたという話は昔、本人から聞いたことがある。それが今や、こんなでかい孫がいるわけか。

もっとも、児玉さんももう七十代だろうし、なんといってもうちの息子だってもう二十歳だ。月日の流れの早さをしみじみと実感しながら、俺も恵美の隣に腰を下ろす。

「どーぞ」と康介が水のグラスを置く。ふと、相手の左手首にはめられた時計が目にとまった。かなり年季の入ったアナログの腕時計だ。

「いい時計をしてるじゃねえか」

俺が言うと、「これっすか」と康介は、時計をはめた左手を軽く掲げてみせた。

「じーちゃんからもらったんすよ」

俺が長年愛用していたアナログの腕時計も、二十歳の頃に父親から譲り受けたものだった。そしてゆくゆくは郁也に譲るつもりでいた。「一人前の男になったら、お前に譲ってやる」と、実際に郁也にも言っていたのだが――

込み上げてくる苦いものを呑み込み、日焼けの跡が残る左手首をさすりながら「気をつけろよ」と俺は康介に注意を促す。

「近頃、ここいらの悪ガキどもの間では時計狩りってのがはやってるからな」

ちょっといい腕時計をしていると、人ごみでいつの間にか盗まれていたり、集団で襲われて奪われるといった被害がこの辺りでは相次いでいた。不良連中にとっては狩りの腕を競い合う楽しいゲームであり、いい小遣い稼ぎにもなっているようだ。一年前に郁也が窃盗で捕まったときにも、あいつが盗んだのは腕時計だった。

「こいつはたぶん、大丈夫だと思いますけどね。なんたって壊れてるし」

ほら、と康介は自分の時計を見せてくる。康介の言う通り、その時計は時刻が十時過ぎを、日付が五日を示したままで止まっていた。

「壊れたままつけてんのか。修理してくれるとこ、教えてやろうか？」

「いや。このままでも特に不自由は感じてないんで」

アクセサリーとして割り切ってつけているのかもしれない。電池交換くらいならまだしも、修理となるとそれなりに金がかかるのは事実である。

「そういえば藤樫刑事は、ご自慢の腕時計をしてないみたいだけど。どうしたの？」

恵美が何げないふうに尋ねてきた。「ちょっとな」と俺は曖昧《あいまい》にはぐらかす。恵美はしつこく問いを重ねてくるかと思いきや、

「ほらよ、アイスお待ち。刑事さんのおごりっていうから、特別にチョコとイチゴのアイスもつけてトリプルにしといたぜ」

アイスを盛ったガラスの器が目の前に置かれたことで、恵美の注意はそちらに逸れた。「わーい」と手を叩いて喜んでいる。完璧にガキだ。っていうか、何を勝手にトリプルなんかにしてやがるんだ。

「ブレンドコーヒーっす」

俺の前にはコーヒーの入ったカップが置かれる。……まあいいか、と俺は思い直した。トリプルのアイスくらい、大目に見てやっても。

郁也もガキの頃はアイスが好きだった。どの味にするか迷ってなかなかひとつに決められず、ダブルやトリプルを頼んでやったこともある。あまり甘やかすなと香織にたしなめられたが、郁也が喜ぶのが嬉しかった。あの頃の郁也は、素直で本当に可愛かったものだ。

それがどうして今はあんなことにと嘆きつつ、カップに口をつけて――次の瞬間、俺

は危うく吹き出しそうになった。

「な、なんだこいつは！」

強烈な苦みが口の中に広がるとともに、不快な酸味が舌に染《し》み込《こ》んでくる。コーヒーの香りはもはや完全に息絶えていた。腐乱したコーヒー豆の死骸《しがい》を煮詰めたような味だ。もちろん、そんなものは飲んだことがないので、そのたとえが的確かどうかはわからない。そもそもなんだ、腐乱したコーヒー豆の死骸って。

自分でもわけがわからなくなるほど、とにかくまずかった。どうやったらこんなまずいコーヒーが淹れられるのか。尋問して吐かせたいほどだ。

「何って、ブレンドコーヒーっすけど」

恵美と同じくガラスの器に盛った三種のアイスを食べながら、しれっと答える康介。なんでお前までしっかりアイスをトリプルにしてんだよ。

「何をどうブレンドして、どんなふうに淹れたらこんなことになるんだ」

「その辺の豆を適当にブレンドして、フツーに淹れたらそんなことになったんすけど」

……だめだこいつ。とんだポンコツだ。

だが確か恵美は、康介が淹れたコーヒーを郁也はすごくおいしそうに飲んでいたとかなんとか、病院で言ってなかったか？　問《と》い質《ただ》そうと恵美のほうに目をやると、「アイスおいしー」とガキ丸出しの顔で名探偵殿はトリプルアイスを堪能《たんのう》していた。

……だめだ、こいつも。

「こんなコーヒーしか淹れられなくて、よくも児玉さんはお前に店を任せたもんだな。っていうか、児玉さんはどうしたんだよ？」

「すげえコーヒー豆をゲットするとかで、南米のどっかに行ってるっす」

説明がアバウトにもほどがある。なんか頭が痛くなってきやがった。

「なんだよ、すげえコーヒー豆って。どこぞの猫の糞《ふん》からとったりするやつか」

俺は飲みたいと思わないが、そういうコーヒーが存在して、かなり貴重で高いものだというのは、いつかどこかで聞いた覚えがある。

「コピ・ルアクのことを言ってるなら、猫じゃなくてジャコウネコの糞だよ」

「ちなみにコピ・ルアクの産地は南米じゃなくてインドネシアっすけどね」

俺の中途半端な知識を恵美と康介がそろって修正してくる。こっちは例として口に出しただけだってのに。小憎らしいガキどもだ。

どんなコーヒー豆かは結局よくわからなかったが、ともかく児玉さんが仕入れに行っている間、孫のこいつが分不相応にも店番を買って出たということはよくわかった。

こんなやつに店を任せちまうなんて。児玉さんも可愛い孫相手には判断力がポンコツになるのかもしれない。その選択を後で激しく後悔する羽目にならなきゃいいが。まあ、したとしても俺には関係ないわけだが。

「ねえ、藤樫サン。じーちゃんが刑事だった頃の話、聞かせてくださいよ」

康介がねだってきた。「なんでだよ」と俺は応えながら、危険な液体の入ったカップをさりげなく脇に退《ど》ける。

「俺、じーちゃんとはずっと離れて暮らしてたから。その当時のじーちゃんのこと、よく知らないんすよね。じーちゃんもあんま話してくれないし」

アイスをもりもり食いながら康介は言う。どうでもいいが、今こいつが食ってるチョコアイス、さっき一度食い終えていたように思うのだが。俺の気のせいだろうか。

「刑事のじーちゃん、カッコよかったっすか？」

康介はきらきらした目で俺を見てくる。こいつの頭の中では刑事時代の児玉さんは、輝かしい正義のヒーローとして想像されているのかもしれない。

「俺も、児玉さんとはそんな親しいわけではなかったからな。でもまあ、いい先輩ではあったよ」

当時の俺は、まだ刑事になって間もなかった。いろいろ厳しい言葉を投げてきたり、下《した》っ端《ぱ》だからとこき使ってくる先輩刑事も多い中で、児玉さんはいつも物腰穏やかで、俺にも親切かつていねいに接してくれた。ともに働く時間がもう少し長かったら、それなりに親しくなっていたかもしれない。

だが、俺がそこに配属されて半年ほど経った頃、児玉さんは辞表を提出して警察を去ってしまった。以前に負傷した右肩の後遺症が仕事にやや支障をきたしていた事実もあったが、一番の理由は当時大きな問題となっていた誤認逮捕の一件に責任を感じたためだ。

児玉さんは誠実な人だった。だから自分一人に責任があることではなかったとしても、関《かか》わっていた以上は己を許すことができなかったのだろう。

そしてその辺りのことは、こんなきらきらした目で自分を見てくる孫相手には、積極的に聞かせたいことではないはずだ。

「あの頃から児玉さんはコーヒーが好きで、あの人が淹れてくれるコーヒーはすごくうまかったな。定年後は喫茶店をやりたいとも話してた。その夢を叶えたんだから、大したもんだと思うぜ」

適当に、当たり障りのなさそうなことを俺が話すと、

「じーちゃんの淹れるコーヒーは世界一っすから！」

康介はスプーンを持った手を握りしめ、力強く同意してきた。「俺も子どもの頃、じーちゃんに淹れてもらったカフェオレ飲んで、それがめちゃくちゃうまくって。あれ以上にうまいカフェオレ、いまだに飲んだことがないっす」

思わず口元に苦笑が滲む。こいつは本当に、じーちゃんのことが好きなんだな。これじゃあ児玉さんも激甘になって、判断力がポンコツになるのも仕方がないかもしれな

い。

「そのわりに康介が淹れるコーヒーは、それはそれはひどいものだけどね」

アイスを食いながら、恵美がしみじみとこぼした。恵美のイチゴアイスもまた復活しているように思うのは、俺の気のせいなのだろうか。

「それとこれとは別問題だろーが」

「別問題じゃだめだろ。康介は今、マスター代理としてこの店に立ってるんだから」

「うるせえなあ、まどかチャンは。もうアイスのおかわりやんねーぞ」

やっぱり、おかわりしてたのかよ。小賢《こざか》しいガキどものやりとりに呆れながら、俺は今、この場に児玉さんがいないことを心底残念に思った。

児玉さんに郁也のことを――今の状況を相談したかった。児玉さんならきっと、いいアドバイスをくれたことだろう。誠実という言葉がよく似合う、あの人なら。

ああそうだ、郁也のことだ。俺は自分のやるべきことを思い出した。ガキどもにアイスをおごったり、思い出話をしてやったりするために俺はここへ来たわけじゃない。

「おい。おととい、この店にこいつが来ただろう」

俺は端末を操作し、保存してある郁也の写真を表示して康介に見せた。

「このバッグを持っていたはずだ」と、郁也のバッグもカウンターの上に置く。

「あのお客、藤樫刑事の息子だったんだって」と恵美が補足した。

「へえ。そう言われてみると、ふてぶてしそうなとこがちょっと似てたかもなあ。息子さん、確かに来たっすよ。俺のコーヒー飲んで、なんか一瞬吐きそうな感じになって。ちょっと失礼だったたっすね」

あのすさまじいコーヒーを客にしれっと提供した上に、ふてぶてしそうとか言うお前のほうがよっぽど失礼だろうが。そんな言葉が喉元《のどもと》まで出かかったが、俺はぐっと呑み込んだ。こいつらのペースでいちいち相手をしていたら、それこそ血圧がヤバいことになりそうだ。

康介はそれから、郁也が店にやってきたときのことを説明した。「俺も少し不審に思ったんすよね」と康介は言う。会計の際、郁也のバッグの中に一万円札が詰め込まれているのを康介は目にしたらしい。それを見られたことに気づいた郁也は逃げるように店を出ていったというから、不審に思われるのは当然だろう。俺だったら追いかけていたかもしれない。

「ところで康介」と、空になった器にスプーンを置いて恵美が言った。

「さっき藤樫刑事からコーヒー券を受け取ったとき、匂いを嗅《か》いで『やっぱこれもか』とか呟いてたよね」

「あー、あれね」康介は食べ終えた恵美の器を回収しながら、

「藤樫刑事の息子サンもコーヒー券を持ってきただろ？　あの券、なんか寺っぽい匂い

がしたんだよな。で、さっき渡された券も試しに嗅いでみたら、同じ匂いがしたんだ」

「寺っぽい匂いって？」恵美が更に問うのに、「んー、線香の匂い？」と康介は小首を傾《かし》げて疑問形で返す。

「ふうん。なら、やっぱりそういうことかな」

恵美は何やら一人納得したふうに頷いて、椅子《いす》から腰を上げた。

「アイスも食べ終えたことだし。じゃあ行ってみようか、藤樫刑事」

「行くって、どこへだよ？」

すると恵美は、なぜそんなこともわからないのかと言いたげに眉根を寄せた。

「《日次堂》に決まってるだろ」

4

「うわ、すげえ寺の匂い」

《日次堂》の店内に足を踏み入れるなり、康介が言った。

どうせ他に客もいないからと、《ライム》のドアに『CLOSED』の札を下げて、こいつも俺らについてきた。「だってなんか気になるし」とのことだが、いい加減な営業極まりない。

康介の言う通り、店の中には強い白檀の香りが立ち込めていた。ほこりやカビの匂いをまぎらわせるために香を焚《た》いているのかもしれないが、いささか強すぎる。これではかえって売り物に香の匂いを染みつかせることになるだろう。

とにかくゴチャゴチャとした店であった。古ぼけたガラクタや、どこかの国の民芸品らしきものが置かれていると思えば、高価なアンティークやブランド品がまじっていたりする。高価なものとそうでなさそうなものが入り混じり、雑多に置かれている様は、まさに混沌《こんとん》のひと言に尽きた。

それ自体が骨董品《こっとうひん》のような古びた陳列ケースの中には、貴金属や腕時計なども並べられ、いずれも高い値がつけられていた。

「なんだ。今度はうちに用なのか」

店主の親父が見当たらないと辺りを見回していると、奥の暗がりから当人がぬっと姿を現した。この混沌とした空間の中で出くわすと、よりいっそう猿の妖怪じみて見える。

「ちょっと訊きたいことがあってさ」

恵美は親父に言ってから、「郁也の写真出して」とこちらに指示してくる。俺はさっき《ライム》で康介にも見せた写真を再びディスプレイに表示させた。

「この人、おとといこの店に来なかった？　五十万円の値がついた腕時計を買いに来たと思うんだけど」

恵美はさらりとそんなことを口にした。「なんだって？」と俺は思わず声を上げる。

「ああ、来たよ」

店主の親父もまたさらりと答えたので、「なんだと！」と俺は更に声を大きくした。

「本当に郁也のやつが、おとといここに腕時計を買いに来たのか？」

「あの坊主《ぼうず》が最初にうちに来たのは、二週間ぐらい前だったな」

少ない頭髪がぽやぽや残る頭を撫でながら店主の親父が話したところによると、店にやってきた郁也は陳列ケースの中に並んだ腕時計のひとつに目をとめ、それを譲ってほしいと頼み込んできたという。

「親父が大切にしてた時計だとか話してたが。ほしいなら金を払えと俺は言ったよ。うちは古道具屋だからな。ほしけりゃ買ってもらうしかない」

値札に記されていた金額は五十万。当然のことながらそんな大金を持ち合わせていない郁也は、そのときは仕方なく店を後にしたらしい。

「そしたらおととい、またやってきたんだ。五十万の金をカウンターの上にどんと置いて、あの時計を買うと言ってきた」

「……そんな馬鹿な」俺はゆるゆると首を振る。

俺が大切にしてた時計？　それがこの店にあって、郁也はそれを買おうとしたってのか？　そのために五十万もの金をどっかから盗んできたと？

「藤樫刑事は、郁也から訊かれたことはなかった？　腕時計はどうしたんだって」

恵美が俺に問うてきた。もちろん、あった。俺の腕から時計が消えていることに郁也はすぐに気づき、尋ねてきた。「親父、いつもの時計はどうしたんだよ」と。

「君はその際、曖昧にはぐらかしたんじゃないの？　さっき《ライム》で僕が尋ねたときみたいに」

それもまた、恵美の言う通りだった。本当のことなんて、言えるはずがなかったからだ。

「たぶんそれで郁也は、君が時計狩りに遭って大切な時計を奪われてしまったと考えたんだろうね。だから取り戻してやろうと思って、奪われた時計が持ち込まれそうな店を探して回った。その結果、この店でそれを見つけたんだ」

郁也は以前は時計を狩る側にいた。だから戦利品の時計が持ち込まれる先について、目星をつけるのはたやすかっただろう。しかし――

「あり得ない……」俺はなおも首を振る。

「言っとくが、俺は詳しい事情は何も知らんぞ。俺はただ、客が売りに来たものを買い取るだけだし、客が買いに来たものを売ってやるだけだからな」

だから店に盗品が並んでいたとしても、自分のあずかり知らぬことだと店主の親父は言いたいらしい。小賢しいクソ親父が。

「でも郁也は結局、時計は買えなかったんだよね？」

恵美の言葉に、クソ親父は「ああ」と頷く。

「坊主が金を持っておとというちに来たときは、あの時計はすでに売れた後だった」

「取り置きしといてやらなかったのかよ」

信じられないと言いたげな康介に、「うちにはそういうシステムはない」と店主の親父はにべもなく返す。

「あの坊主も恨みがましく散々文句を垂れてたけどな。知り合いに頭を下げて回って、ようやく金を集めてきたのにとかなんとか。だが、そんなのはこっちの知ったこっちゃない。そのときに買えなかったのなら、縁がなかったということだろう」

「縁がなかったって……父親が大切にしてた時計を取り戻すために、息子が来たんだぞ？」

「だからそんなのは俺の知ったことじゃないんだよ。まあでも、あんまりしつこいんで代わりにコーヒー券をくれてやったけどな。ほら、さっきそこの男にもやったやつだ」

そう言って、店主の親父は俺のほうに視線を向けてくる。あんなまずいコーヒーを飲まされる券が、一体なんの代わりになるというのか。むしろとどめを刺される罰ゲームだ。

その後の郁也の行動は、説明されるまでもなかった。

相手を殴りつけたい衝動をぐっとこらえ、郁也は黙ってカウンターに置いた金をバッグに詰め込んだのだろう。そしてここを後にして、《ライム》へ向かった。腹に渦巻く感情を鎮めるために。コーヒーを飲めば、少しは気持ちを落ち着けられるかもしれないと考えて。あいにくそのコーヒーは、とても気持ちが落ち着くような代物ではなかったが。

そんな情景が目に浮かぶようだった。現に俺も今、目の前のこの親父を殴りつけたくて仕方がない。……いや、そうじゃない。

一番殴りつけたいのは、俺自身だった。

「賭けは僕の勝ちだね」

《日次堂》を出た後、上着の袖《そで》をぷらぷらと揺らして歩きながら、恵美が言った。

肩から下げた郁也のバッグに俺は目を向ける。そういえば、俺は恵美と賭けをしていたのだった。このバッグの金について、郁也がどこからか盗んできたものだったなら俺の勝ち。そうでなかったら恵美の勝ち――

「お前、もしかして最初から全部わかってたのか？」

そもそも、恵美がそんな賭けを持ちかけてきたことからして奇妙だったのだ。

「僕がイカサマをしたって言いたいわけ？」

恵美は心外だと言いたげな顔をする。「少なくとも、その金を郁也がどうやって用意したのかなんてことは、あの時点で僕には知りようがないよ」

「けどじゃあ、どうしてまどかはわかったんだ？」

問うたのは俺ではなく、康介だった。「郁也クンが、あの店で腕時計を買おうとしてたなんてさ」

「藤樫刑事が《日次堂》の店主からもらったコーヒー券と、郁也が持っていたコーヒー券から同じ匂いがしたというなら、普通に考えて郁也もその券をあの店主からもらったことになるだろ。しかもそんなに強く匂いが残っているなら、何日も前のことじゃない。おとといのあの日にもらったと考えるべきだ」

袖をぷらぷらさせながら、面倒くさそうに恵美は説明する。

「ということは郁也はおととい、《ライム》にやってくる前に《日次堂》へ行ったんだ。でも、《日次堂》で何かを売って大金を得たにしては、彼の様子はずいぶん不満そうだった。だから、逆だったのかもしれないと考えたんだよ。彼は何かを買うため大金を持ってあの店に行ったけど、結果的にそれを買うことができなかったんじゃないかって」

「なるほどなあ」康介は感心したように頷きながら、「で？」と続きを促す。

「だとすれば、郁也は五十万円を持って《日次堂》で何を買うつもりだったのか？《ライム》にやってきたとき、彼は康介の手元を見て舌打ちした。腕時計をはめた康介の左手首を見てね。そして郁也の父親である藤樫刑事の手首からは、いつもしていたはずの腕時計がなくなっていた。一方でこの辺りでは、時計狩りというものがはやっている。それらを合わせて考えれば、ひとつの仮説が浮かんでくる」

「盗《と》られた父親の腕時計を取り戻すために郁也クンはあの店へ行った、ってわけか」

「あくまで推測でしかなかったけどね。でも、結果はおおむね正解だったみたいだ」

「……あり得ねえ」

そう呟く俺に、「ねえ藤樫刑事」と、やや温度を下げた恵美の声が投げかけられる。

「そのバッグのお金、君は郁也がどこからか盗んできたものだと決めつけていたよね。おとといの夜に郁也のアパートの部屋でそれを見つけたときも、君はそうやって頭から疑ってかかって、郁也を問いつめたんじゃないの？」

「だとしたら、郁也としてはキツいよな」と康介。

「親父の腕時計を取り戻そうと頑張ったのに。それが叶わなかったあげく、当の親父から盗みを疑われちまったら。そりゃ、ヤケ酒飲んでケンカ吹っかけたくもなるかもな」

俺は奥歯を強く噛《か》みしめる。そんなの、わかるわけねえだろうが。だってあり得ねえんだから。そんなこと、わかるわけが——

「わかるわけがなかった」

俺の心を読み取ったように、恵美が言葉を合わせてくる。

「僕は郁也のことを何も知らない。だから、あの金を郁也がどこでどうやって手に入れてきたのかなんて、僕にはわかりようがなかった」

だけど、と恵美は言葉を続ける。冷徹な瞳をまっすぐに俺に向けて。

「僕は郁也の誠実さに賭けた」

誠実。その言葉が俺の心のど真ん中に突き刺さる。今まで、俺がしつこいくらいに郁也に言い続けてきた言葉だ。

「病院へ行ったとき、僕は藤樫刑事にも伝えたよね。誠実っていうのは難しい。おととい、《ライム》を訪れた郁也はそう言っていたって。だから僕は、郁也のその言葉の誠実さに賭けてみることにした」

俺はその言葉こそ、郁也が不誠実なことをしでかした証拠だと思った。だが恵美は逆に、郁也が誠実なことをしようとした証拠と考えたのだ。

「でもそうするのは本来、父親である君の役目だったんだ」

俺は、息子を信じなかった。あれだけ誠実がどうのと言い続けてきたにもかかわらず。息子の誠実さを信じてやらなかった。

そして俺は、自分がどれほど不誠実であるかを知っている。

——完敗だ。そもそも郁也の誠実さに賭けなかった時点で、俺はすでに負けていたのだ。

その場に両膝《りょうひざ》をつき、続けて両手もつこうとすると、

「何するつもり？」恵美は不可解そうに眉をひそめてみせた。

「賭けに負けたら土下座することになってただろうが」

「僕に対してしろなんて言ってないだろ」

え？　と俺は地面に膝をついたまま恵美を見上げる。

「それをするべき相手に、きちんと『誠実に』謝罪をする。それができないなら、君はそれこそ最低の父親だよ」

そう言い放つと、恵美はくるりと背を向けた。そのまま、振り返りもせずに歩いていく。

「あ、おい。俺を置いていくなよー、まどかチャン」

慌てたようにこちらに会釈を残し、康介も恵美の後を追いかけていく。

「……きちんと誠実に謝罪、か」

一人その場に残された俺は呟き、日焼けの跡がついた左手首をそっと撫でた。

郁也は俺の時計を取り戻そうとして、五十万もの金を必死で集めた。そしてそれが叶わず、人知れず悲しみ、怒り、嘆いていたわけだ。

「馬鹿だな、ほんとに」

苦い笑みが漏れる。まったく、本当に馬鹿だ。俺ってやつは。

郁也のバッグを片手に、俺も歩き出す。

早く息子のもとへ戻らなくては。あいつに言わなければならないこと、聞いてやらなければならないことがたくさんある。

でも、その前に――

郁也の大好きなアイスを買っていってやろうと、俺は思った。

＊

それから数日後。《ライム》の眠り姫は今日も健在だ。おかげで眠り姫ファンの常連客も来てくれて、この日は珍しく客の入りがそこそこよかった。

郁也が再び店にやってきたのは、その夕方のことだ。

「この店って、いつもその人しか客がいないんだな」

郁也が訪れた頃には他の客はすでに帰っていて、店内にはまどかの姿しかなかった。

従って、そんな感想を抱かれるのも無理はない。

「むしろ僕が来るだけ感謝してほしいよね」

優雅なあくびをしながら眠り姫はのたまい、それから郁也に向かって、

「無事に退院できたみたいで、よかったね」

すると郁也ははっとしたように姿勢を正し、俺たちに頭を下げてきた。

「なんか、親父ともども迷惑をかけたみたいで。どうもすいませんでした」

「いやそんな、迷惑なんてちっとも」なあ、まどかチャン？　と俺がまどかに振ると、

「まあ、康介は藤樫刑事にアイスをおごってもらっただけだしね。でも僕も、君には別に迷惑をかけられてないから。頭を下げる必要はないよ」

まるで藤樫刑事には迷惑をかけられたみたいな口ぶりである。

郁也の身体にはまだ絆創膏《ばんそうこう》や包帯といったものが残っていたが、見た感じは元気そうだった。話し方もしっかりとしていて、たぶん記憶も取り戻しているのだろう。

まどかの隣に腰を下ろすと、郁也は今日はコーラフロートを注文した。

藤樫刑事はあの後、息子にきちんと謝罪をしたらしい。あの五十万円についても、すでに借りた人たちに返したと郁也は話した。

一件落着なんだろう。でも俺としてはどうも、「めでたしめでたし」という気持ちにはなれなかった。結局、郁也は父親の腕時計を取り戻すことはできなかったのだから。

「やっぱさ、あの《日次堂》の店主はひどいと俺は思うんだよな」

納得いかない気持ちを俺はこぼす。父親の大切な時計なのだと郁也から聞いておきな

がら、他の人間に売ってしまったのはどう考えたって誠意がなさすぎる。取り置きというシステムがなかったとしても、ちょっとくらい融通をきかせてやったってよかったはずだ。

「あれに関しては、先に売れてくれて結果としてはよかったと思ってる」

なのに郁也は、なぜかそんなことを言うのだった。「オレがあの時計を買ってきてたら、親父としてもちょっと困っただろうからさ」

「なんでだよ？」

「どうやら藤樫刑事は、最低の父親になることは避けたようだね」

淡く笑むまどか。「どういうことだよ？」と、今度はまどかに向かって俺は問う。

「あの店に売られていた腕時計は、親父のものじゃなかったんだ」

答えたのは、まどかではなく郁也だった。同じ型の腕時計ではあったが、藤樫刑事のものではなかったということらしい。

「その様子だと、探偵さんもわかってたのか」

「君が《日次堂》へ行った理由を知った際の藤樫刑事の反応、そんなはずがないっていう感じだったからね。彼は自分の腕時計のありかをわかっているんだと思った。そしてそれは、《日次堂》ではあり得なかったんだろう」

確かに藤樫刑事は、「あり得ない」と何度も口にしていた気がする。

「探偵さんの言う通りだよ。親父の腕時計はそもそも、時計狩りに遭って奪われたんじゃなかったんだ。スロットで大損して、その穴を埋めるために知り合いのコレクターに売ったらしい」

「はああ?」俺は思わず間の抜けた声を上げてしまった。

「たまたま同じ型の腕時計があの店に置いてあって、しかもあのタイミングで売れるとか、どういう偶然だよって思うけどな」

「……前言撤回する。やっぱり彼は最低の父親だった」

心底呆れ切ったという顔をするまどか。さすがの名探偵も、藤樫刑事が時計を手放した経緯までは見抜けなかったようだ。

「うん。最低だって、オレも思う」

苦笑する郁也の顔はしかし、不思議とどこか晴れやかにも見えた。

「けど、そこまで打ち明けられたら、逆になんかすっきりしたよ。あれだけ誠実がどうのってオレに言ってた親父自身が、実は全然誠実なんかじゃなくて。だったらオレもそんなに気負う必要はないんだなって、肩の力が少し抜けた気がする」

「それなら今後はもう、記憶喪失のふりなんかする必要もないね」

そう言ったまどかに、「名探偵ってやつは、ほんとに全部お見通しなんだな」と郁也は苦笑を深めた。

「康介のコーヒーをおいしそうに飲んでたって僕が言ったときの君、すごく正直な反応を見せてくれたからね」

「あれは……」眉のピアスをいじりながら、郁也はちらと俺のほうを窺う。

「うっかり反応しちゃう気持ちはわかるよ。康介のコーヒーはサイキョウだから」

なんだかよくわからないが、郁也の記憶喪失が嘘だったらしいということと、俺のコーヒーがほめられているわけではなさそうなことはなんとなくわかる。サイキョウにどんな漢字が当てはまるのかは、深く考えないほうがよさそうだ。

「なんで記憶喪失のふりなんかしたんだよ?」と俺は郁也に尋ねた。

「……あの店であの腕時計を見つけたとき、ほしいなら五十万払えって店の親父に言われてさ。盗んでやろうかなって一瞬、考えたんだ」

コーラに浮いたアイスをストローでつつきながら、郁也はぽつぽつと話す。

「でも、これからは真面目に生きるって——誠実な人間になるって、一年前に捕まったときに親父と約束したから。だから、どうにか自力で五十万を用意しようって思った」

しかし、いざ金を集めて再度《日次堂》へ行ってみれば、目当ての腕時計はすでに売れてしまった後だった。

「約束を守って、誠実に動いた結果があのザマだ。自分が情けなくってさ。しかも親父は、オレがあの金をどっかから盗んできたって頭から決めつけてきた。いつだってみんなそうなんだ。オレの周りで何かがなくなったりすると、真っ先にオレを疑ってくる。身から出た錆《さび》ってやつだし、仕方ないとは思ってたよ。でも他人はともかく、親父がまったく俺を信じてくれないのは……やっぱショックだった。あそこまで疑われたらもう本当のことなんか言えねえし、言いたくもなかったから……」

だから郁也は記憶喪失を装った。記憶を失ったことにすれば、何も話さなくてすむと考えて。子どもじみてはいるが、気持ちはわからなくもない。俺はそう思ったのだが、

「くだらない意地とプライドだね」

まどかは気持ちいいくらいに一刀両断してみせた。

「君も、藤樫刑事も。親子というだけあってよく似てるよ」

似てない、と即座に言い返して郁也は怒るだろうと思った。くだらなくなんてない、と憤慨《ふんがい》すると思った。

「確かに、くだらないよな」

しかし意外にも、郁也はそう応えて笑った。

「だから、これからは親父とちゃんと向き合って話すようにしようって決めたんだ。お互いに意地っ張りだし、ケンカになることもあるだろうけど。コミュニケーションをとれないよりはマシだって思うから」

そして、「これは親父には内緒なんだけど」と少し照れくさそうな表情を浮かべつつ、

「なんとか金を貯《た》めて、新しい腕時計をプレゼントしようって考えてる。オレの給料じゃもちろん、そんな高い時計は買えないけど。でも、ちょっとした戒《いまし》めにはなるだろ」

そう言っていたずらっぽく笑ってみせた郁也の瞳は、前向きな誠実さを湛《たた》えていた。

「じゃあ僕も、次に藤樫刑事がこの店に来たら、康介のコーヒーを一リットルほど飲ませてやろうかな。戒めのために」

同様にいたずらっぽい笑みを見せてまどかが言う。

「戒めってなんだよ?」と俺が問うと、まどかは頰を膨《ふく》らませて、

「日頃から僕のことを散々ガキ扱いしてくるの、許せないだろ」

その表情も、言っていることもそれこそガキ丸出しである。大体、それは単なる私怨《しえん》だろうが。

つーか、それよりも何よりも――

「お前は一体、俺のコーヒーをなんだと思ってんだよ!」

第三話　ヒーローの定義

*

退屈な夕食をさっさとすませて自室に戻り、チャットアプリを開くと、ミサキからメッセージが入っていた。

〈リオン、今何してる?〉

『ちょうど夕飯を食べ終わったとこ』と僕は答えを返してから、追加でメッセージを送る。

『というかミサキ、ここんとこメッセージ送っても全然返事なかったじゃん。どうしたんだよ?』

ミサキとは毎晩のようにチャットで会話をしていたのに、ここ数日はそれが途絶えていた。

〈ごめん〉とミサキはすぐに謝ってきたけど、やりとりが途絶えていた理由はその後には続かない。ひょっとしてさっきの僕のメッセージ、責めたように感じたのかな。文字でのやりとりは感情を直接のせることができないぶん、難しい。

〈ところでリオン、『桃太郎《ももたろう》』のほうはどう?〉

ミサキが話題を変えてきたので、ひとまず僕も合わせることにした。

『フツーにいつも通り。今日もパトロールして、何人かマークしたやつがいるよ』

僕はネット上で、『特定屋・桃太郎』として活動をしている。

ネットの世界には、匿名をいいことに好き放題する悪者がたくさんいる。そしてそういう悪者たちに苦しめられている人たちがいっぱいいる。だから僕は、そんな悪いやつらの正体を暴《あば》いてこらしめてやるのだ。匿名というベールをはぎ取られると、やつらは途端に勢いを失って、おとなしくなる。

僕がその活動を始めたきっかけは、一年ほど前。大好きな声優がSNSでアンチに粘着されていたことだった。そいつは悪質なコメントを本人だけでなくファンにまで投げつけていて、とにかく目障りだった。だから僕は、そのアカウントの過去の投稿や、仲が良さそうなフォロワーの投稿なんかを調べまくって、そいつの身元を特定してやったのだ。それを匿名掲示板に書き込んだところ、僕と同じように腹を立てていたファンたちがこぞって拡散してくれた。間もなくして、しつこく繰り返されていた誹謗《ひぼう》中傷や悪質なコメントはぴたりと止《や》んだのだった。

僕の行為は、ファンたちから称賛された。そのときはただ、ムカついてやっただけだったけど。僕はそれで、自分ができること――やるべきことを自覚したのだ。

そして僕はSNSに『特定屋・桃太郎』のアカウントをつくった。毎日パトロールをして、悪者を見つけたらまずそいつをマークし、じっくりと正体を暴いていく。フォロワーもたちまち増えて、僕の活動をほめてくれたり、拡散や情報提供といった形で協力してくれたりもする。

去年の冬頃には、SNSで詐欺《さぎ》に遭ったという人から、犯人のアカウントを特定してほしいと頼まれた。いつもよりちょっと難しくて時間がかかったけど、特定は成功して、しかもそいつは警察に逮捕までされて。僕は依頼人からすごく感謝された。

だけど、お金などはもらっていない。『桃太郎』はあくまでも、悪いやつをこらしめることを目的とした善意の活動だからだ。

ミサキもまた、僕のことを尊敬してくれている。

ミサキと知り合ったのは、三ヵ月くらい前のこと。最初は『桃太郎』のフォロワーの一人だったのだが、何度かコメントのやりとりをしているうちに気が合い、個人的なメッセージのやりとりをするようになった。

ミサキは僕と同じ中一の男子で、だけど今は僕と同じように不登校中だという。たまに近所に買い物などに出ることはあるものの、基本的には一日のほとんどを自宅で過ごしているという点も同じだった。

僕たちの距離は、それで一気に縮まった。それだけでなく、ミサキとは好きなゲームやアニメ、漫画の話も盛り上がった。そういった趣味もまたよく似ていて、あっという間に僕たちは親友になった。

でもミサキとは、いまだにチャットのやりとりのみで、実際に会うことはおろか、リモートや電話で話したこともない。『桃太郎』の正体を知られたくないからというより、単純に現実の僕の姿をミサキに知られるのが怖かったからだ。

ミサキは、桃原《ももはら》リオンという僕の本名を知っている。住んでいるところや家族のことなんかも、大まかになら話したことがある。同じ中一で、不登校という事実ももちろん知っている。それでも、ミサキにとって僕のイメージはやっぱり『桃太郎』なのだ。

「僕と同い年なのに。リオンはしっかりしててすごいね」とミサキにほめられるたびに嬉しい反面、僕は複雑な気持ちになる。

堂々としてて頼りがいのある、立派な人間。ミサキは僕のことをそんなふうに思っている。けど実際の僕は背も低いしひょろひょろだし、見るからに頼りない。学校へ行かないのだって、勉強が簡単すぎてつまらないとかカッコイイ理由じゃなくて、チビだのオタクだのといって馬鹿にしてくるクラスメイトと毎日顔を合わせるのが嫌になり、逃げ出しただけだ。

『桃太郎』には応援してくれるフォロワーがたくさんいる。一方で現実の『桃原リオン』には、ミサキというたった一人の親友しかいない。

家族は一応いるけど、ＩＴ関連の会社を経営している父さんは、会社に行くときはいつも帰りが遅い。自宅で仕事をするときは自分の部屋にこもって、一日中ディスプレイと睨めっこしている。

僕が話しかけると、「何かほしいものがあるのか？」と小遣いをくれる。「リオンもたまには外に出て気分転換をしてきたらどうだ」などと言ってくることもあるけど、「一緒にどこかへ行こうか」と誘ってくることはなかった。

母さんは、二年前に離婚しているのでうちにはいない。でも掃除や洗濯やご飯をつくるのは毎日通ってくる家政婦がやってくれるので、そういう意味で困ることはなかった。

僕が学校へ行かないことを父さんはうるさく言わないし、そればかりか小遣いをたっぷりくれるし、身の回りのことは家政婦が全部やってくれる。何時間もゲームをやっても叱《しか》られることもない。傍から見れば、僕の生活は天国みたいに思えるかもしれない。

だけど僕にとって、そんな現実はどこまでもつまらなかった。

だから今は、ディスプレイの向こうに広がる世界が僕の現実だ。そこには僕を称賛してくれる人たちがいて、大切な親友もいる。『桃太郎』こそが、僕の真の姿なのだ。

『ミサキ、なんかあった？』

僕はミサキにずばり尋ねてみた。『何か悩み事があるなら、話してみろよ。なんでも相談に乗るし。オレたち、親友だろ？』

するとチャット画面がしばし沈黙した後、意を決したようにミサキが切り出してきた。

〈実は、リオンに頼みたいことがあるんだ〉

1

八月も、もうすぐ終わりを迎えようとしている。

昼時も過ぎた午後。《ライム》はやっぱり今日も暇で、店内にはやっぱり眠り姫の姿しかなかった。

それまでかろうじて来てくれていた眠り姫ファンの常連たちの足も、近頃は店から遠のきつつある。けれどファンが来なくなっても、眠り姫本人はまったく意に介さず。それどころか「他のお客がいないほうが、ゆっくり寝られるのは事実だよね」などと言って、その言葉の通り、実にのびのびとうちでサボっていた。

それにしても、すやすやと気持ちよさそうに眠っているものだ。

白くてやわらかそうなほっぺたに、俺はそっと手を伸ばす。むにっと引っ張ると、

「ひゃいっ」と妙な声を上げ、眠り姫こと恵美まどかは目を開けた。

「何するんだよ、いきなり」

頬をさすりながら、まどかは当然の抗議をしてくる。

「いや、あんまりにも無防備だったから。つい」

「せっかくいい気持ちで寝てたのに。どうしてくれるわけ？」

安眠を妨害した責任を取れと言わんばかりの口調だが、そもそも喫茶店というのはいい気持ちで寝るところではないというのを忘れていやしないか。

「まあいいや。なんか冷たい飲み物ちょうだい。康介でもフツーにおいしく入れられるやつ」

大きく伸びをしながら、まどかはそんな失礼極まりないオーダーをしてきた。

「そういう憎たらしいこと言うやつには、水しかやんねーぞ」

そう応えながらも、先日まどかがおいしいと口にしていたカシスジュースを用意し始める俺は、つくづく甘いなあと自分でも思う。

「そういやこの前、うちの店にお前の事務所の仲間から電話があったんだけど」

ジュースを注いだグラスをまどかの前に置いて言うと、「へえ」とまどかは応え、さっそくストローに口をつけた。

まどかの事務所には名探偵であるまどかの他に、二人の助手がいる。といっても俺は事務所に行ったことはないし、彼らに会ったこともないのだけど。

「『うちの恵美、そっちにお邪魔しとりませんかー？』って、関西ふうのイントネーションで訊かれた」

「ああ、誠一《せいいち》だ」とまどかは頷き、カシスジュースをすする。

ちなみにそのときはまどかは店にいなかったため、「来てませんよー」と俺は答えたのだったが。

「『いつも迷惑かけてすいません』とか、ついでに挨拶《あいさつ》もされたんだけど。お前、うちの店を隠れ家だとか言いながら、めちゃくちゃ仲間にバレてるじゃねーか」

もはやここは仲間も公認のサボり場になっているのではないか。

「僕もちょっと困ってるんだよねえ」

とか言いながら、まどかはあまり困っているようには見えない。まったく。誠一クンがお前を捜しにうちの店に来たりしたら、俺はどう対応したらいいんだよ。

そんなことを考えていたら、ドアベルが鳴ると同時に入り口のドアが乱暴に開かれた。俺は思わずぎくりとする。

入ってきたのは、小学生と思しき小柄な少年だった。誠一クンではなさそうだが、小学生が一人でうちの店に来るというのも珍しい。

肩で荒く息をしながらきょろきょろと店内を見回して、少年は小走りでこちらへやってくる。かと思うといきなりカウンターの内側に入り込んできて、「ちょっとかくまって」と、俺の足元にうずくまった。

なんなんだ一体。いきなりやってきて、図々《ずうずう》しいにもほどがある。と、再びドアベルの音が響き、今度はゆっくりとドアが開かれた。

「失礼いたします」と礼儀正しい挨拶とともに入ってきたのは、制服を着た警官だった。近くの交番の巡査だ。歳は俺とそう変わらないくらいで、よく付近をパトロールしたり、交番の前に立っていたりするので、俺も顔は知っている。

「少々お尋ねしたいのですが、こちらに小学生くらいの男の子が来ませんでしたか？」

無作法な先の少年とは対照的に、ていねいな物腰で巡査は尋ねてきた。ここの路地に入るのを目にしたのだが、そのまま姿が見えなくなったので、この店に入ったのではないかと考えたらしい。

まさにその通り。俺は足元に視線を落とす。『小学生くらいの男の子』は相変わらずそこにうずくまっていて、俺を見上げて「黙っててくれ」と目で訴えてきた。

さて、どうしたもんだろう。俺が迷っていると、

「その中にいるよ」

まどかがカウンターの内側を指し示した。さすがはマイペースまどかチャン。迷いもなければ容赦もない。

巡査がこちらを覗き込んでくるのと、少年がしぶしぶ腰を上げたのはほぼ同時だった。

「お知り合いですか？」少年と並んで立つ俺に巡査は問うてくる。

「あ、えっと……実は甥《おい》っ子なんです」

咄嗟にそう答えてしまったのは、少年の手がすがるように俺のシャツの袖をつかんでいたからだ。

「そうでしたか」巡査は安堵《あんど》の表情を見せた。「さっき、砲銘街《ほうめいがい》を一人で歩いていたのを見かけたんです。声をかけたら、いきなり逃げられてしまったもので」

それで気になり、追いかけたというわけだ。巡査は俺から少年のほうへと視線を移し、

「君が入っていこうとしていた砲銘街のあの一角は、治安があまりよくないところなんだ。昼間とはいえ、小学生が一人で行くのは危険だから。気をつけたほうがいいよ」

「オレは小学生じゃなくて中学生だ。子ども扱いすんな！」

「こらこら」と俺は少年の頭を押さえつけるようにぐりぐり撫でる。「すいませんねー。生意気で口のきき方を知らなくて」

俺からよく言って聞かせますから、と俺は少年の頭を下げさせながら、自分も頭を下げた。

「康介に甥っ子がいたとは知らなかったよ」

巡査が帰った後、さして興味なさそうな口ぶりでまどかが言った。もちろん、俺の嘘だとわかった上で言っているのだ。

「うん。俺も知らなかったよ」と俺も応える。

少年はどこか気まずそうに、明るい色をした前髪をいじっている。サラサラした少し長めの髪は後ろでひとつに束《たば》ねられ、小さな尻尾《しっぽ》みたいに見えた。

Tシャツから伸びる腕も、ハーフパンツから突き出した足も細くて頼りない。小柄な上に顔立ちもまたあどけなく、やはりどうやっても小学生にしか見えなかった。背負った黒いリュックがやけにゴツくて大きく見える。

「んじゃオレ、そろそろ行くから」

やがて少年は言い、片手を上げた。「かくまってくれてありがと。話も合わせてくれて、助かったよ」

店を出ていこうとするのを、「ちょっと待て」と俺はリュックをつかんで引きとめる。

「お前、名前は？　中学生っていうのは嘘だろ」

もし家出少年だったりしたら、このまま帰してしまうのも問題がありそうだ。

「嘘じゃねーよ。ほんとに中一だよ！　……まあ、学校には五月から行ってないけどさ」

言葉の後半は、ぼそっと独り言のようにつけ加えられた。「てか、人に名前を訊くときはそっちから名乗るのが礼儀じゃないの？」

生意気なやつだ。が、俺は大人の余裕を見せて自分の名前と、ついでにまどかの名前も教えてやった。「なんで僕まで」とまどかは眉をひそめたけれど。

「桃原リオン」

相手が名乗った瞬間、きゅるるーとなんともおかしな音がした。少年が腹を押さえたところを見ると、どうやらこいつの腹の音だったようだ。「しょうがねーな」と俺は苦笑して、

「お腹《なか》をすかせた可愛い甥っ子のために、康介様がごちそうしてやるよ。俺のおすすめは、ナポリタンかピザトーストかドライカレーなんだけど。どれがいい？」

尋ねると、腹を押さえながらリオンは「ピザトースト」と小さな声で答えた。

2

ああもう。最悪だ。なんであんなとこでお腹が鳴っちゃったんだろう。

目的を果たすことで頭がいっぱいで、お昼ご飯を食べ損《そこ》ねていたのは事実だけど。それにしたって警官に見つかったことといい、運がなさすぎる。

「飲み物はジュースでいいか？　それともコーラ？」

カウンター席に座って自分の不運を嘆いていると、康介さんが尋ねてきた。警官から逃げて咄嗟に入り込んだ先が喫茶店だったのは、よかったのか悪かったのか。喫茶店なんて入ったのは初めてだ。それにしても、ジュースかコーラかという選択肢は気に入らない。明らかに僕のことを子ども扱いしてる。

「えっと、カ、カフェラテ？」

メニューも見ずに答えたのはよかったが、慣れない単語を発音したせいか、声が少し上ずって語尾が疑問形になってしまった。

近所にあるカフェのカフェラテがおいしくて気に入っている、と前にミサキが話してくれたとき、僕はすぐに「カフェラテ、おいしいよね」と話を合わせた。でも実はコーヒーもカフェラテも、僕は飲んだことがない。

「あー、うち、エスプレッソマシンないから。カフェラテじゃなくてカフェオレになるんだけど。それでもいいか？」

「え？　カフェラテとカフェオレって違うの？」

「もともとの意味は同じミルク入りコーヒーだけどさ。日本の店では一応、区別して提供されてるよな。カフェオレは普通のドリップコーヒーにミルクを入れるけど、カフェラテだとエスプレッソベースになる。ベースが違うから、コーヒーとミルクの割合なん

ど。

「へえ」全然知らなかった。エスプレッソマシンというのは、そのエスプレッソを入れるために必要なものなんだろう。エスプレッソがなんなのかは、よくわからなかったけど。

「カフェオレでも、オレはいいよ」

僕は答えた。どうせどっちも飲んだことがないのだから同じだ。

「ねえ君、もしかしてコーヒーを飲むの、初めてだったりする？」

カウンターの左端の席に座っていたお客——恵美さんに問われて、僕はびくんとする。

すごく綺麗《きれい》な顔をしていて、最初は女の人かと思ったけど、男の人らしい。でもパジャマみたいな変な服を着てるし、ちょっと近づきがたいので、恵美さんとは二つほど席を空けて僕は座っていた。

「……だとしたら、悪い？」

問い返すと、「別に」と答えが返ってくる。じゃあ訊くなよ、と言いたかったけど、じっとこっちを見てくる目が少し怖い感じがして、余計な言葉は呑み込んだ。できればこの人とは、あんまり目を合わせたくない。なんとなく、心にあることを全部見られてしまいそうな気がして。

「もしこの店で初体験をするのなら、やめておいたほうがいいって言いたいだけ。たぶん君のトラウマになるから」

「え、トラウマ？」恵美さんの不穏な言葉に、僕の胸にはたちまち不安が込み上げる。

「おーい、まどかチャン。言っていいことと悪いことがあるぞー」

「ちなみに僕のおすすめは、カシスジュース」と、恵美さんは康介さんを無視して赤い液体が半分ほど残った自分のグラスを僕に示した。

　トラウマは避けたかったので、僕は素直に恵美さんのおすすめに従うことにする。カシスジュースというのも初体験だけど、見た目がワインっぽくて興味を引かれた。

　康介さんがつくってくれたピザトーストは、チーズがたっぷり載っていて普通においしかった。カシスジュースは酸っぱくて、好きかと問われたら正直微妙だったけど。たぶん大人の味なんだろう。

「で、なんでリオンは一人で砲銘街なんかうろついてたんだよ？」

　ピザトーストをかじっていると、康介さんが尋ねてきた。恵美さんはカウンターの上に置いたクッションを枕にして、いつの間にか寝ていた。

「ねえ、恵美さん寝てるけど。具合が悪いの？」

　もしかして病気なんだろうか。パジャマを着てるのもそのせいとか？

「いや。あれはただの眠り姫だから。ほっといていいよ」

「ふーん」よくわからないけど、やっぱりなんか変わった人らしい。

「それで、砲銘街をうろついてた理由は？」と康介さんが促してくる。

僕が砲銘街をうろついていた理由——それはもちろん、ミサキのためだ。

——僕のうち、ちょっと前まで小さな中華料理店をやってたんだ。

これまでなかなか話せずにいたという自分の家庭の事情を、あの夜、ミサキは初めて僕に打ち明けてくれた。

その店はしかし、連日ひどい嫌がらせを受けたことにより、今年の初めに閉店してしまったという。

発端は、ある人物がネット上に店の悪い噂《うわさ》を流したことだった。それが拡散されると、店にいちゃもんをつけたり、嫌がらせをしてきたりするやつらが現れた。ミサキたちが怒ると、その様子を撮られてネットに流され、また拡散される。誹謗中傷や嫌がらせはどんどんひどくなり、ミサキのお母さんはとうとう体調を崩してしまった。それでお父さんは、店を閉めて引っ越すことを決めたという。

嫌がらせから解放されても、心に負った傷はそう簡単には癒《い》えないし、忘れることもできない。そして、許すこともできなかったとミサキは言う。そんなときに、ミサキは僕と知り合った。そして僕のやり方を真似《まね》て、自分たちの生活を壊した元凶ともいえるアカウントを探り、その特定に成功したらしい。

――住んでる場所はわかったんだ。集骨町の砲銘街っていう地域。でも、そいつの顔がどうしても手に入らなくて。

顔。つまり、本人の姿が写った画像だ。ならば自分で撮りに行こうと考えたものの、ミサキの今の家から集骨町はバスや電車を使って一時間以上かかる。そんなに遠くないじゃん、と普通の人は言うかもしれない。でも、ほぼ引きこもり状態の人間にとって生活圏の外へ出るのはすごくハードルが高いのだ。僕にはそれがよくわかる。そこで、代わりに行って写真を撮ってきてくれないかとミサキは僕に頼んできたのだった。

僕の住んでいるところからは、電車で二十分ほど。同様の状態の僕にはそれでも少しハードルが高かったけど、断るという選択肢はなかった。

ミサキは大切な親友だし。何よりも、悪いやつに苦しめられた人を助けるために動くのが、『桃太郎』なのだから。

でも、こんな事情は康介さんたちに話せるはずもない。だから僕は適当に答えた。

「友だちのうちに行こうとしたんだよ。だけど、初めてのところだから。道に迷っちゃってさ」

「ふうん」と応える康介さんの目には、疑いが滲んでいるような気がした。ふと視線を左に向けると、寝ていると思っていた恵美さんが、目を開けてこっちをじいっと見ていた。なんかすごく怖いんだけど。

正面からは康介さん、左側からは恵美さんの視線が僕に注がれている。居心地が悪くて、咀嚼《そしゃく》したトーストを飲み込むのに苦労した。さっさと食べて、早くここを出ていこう。

すると、シャランと澄んだベルの音がした。ドアのほうを振り返ると、年配の小柄な男の人が店内に入ってくる。

「らっしゃーい」

新しいお客の登場に、窮屈な空気が少しほぐれたように感じた。康介さんの注意も逸れてくれて、僕はホッと息をつく。

新しいお客は、カウンターの右端の席に座った。つまり僕の右隣。カウンターには五つ席があって、一番左に恵美さんが、そこから二つ間を空けて僕が座っている。だからどこを選んでも、僕か恵美さんの隣になる。ひとつだけあるテーブル席は空いているのだから、そっちに座ればいいのに、と僕はひそかに思った。

ちらっと横目で相手を窺うと、目つきが鋭く唇をむっと引き結んでいて、気難しそうなおじいさんだった。目尻についた傷痕《きずあと》にも妙な迫力がある。もしかして、そっち系の人だろうか。

「児玉はいないのか」

そっち系かもしれないお客がむすっとした顔のまま康介さんに尋ねたので、僕は慌てて視線を戻した。「仕入れ旅行に行ってるっす」と普通の調子で答える康介さん。このお客はここの常連なのかもしれない。

ふう、と僕は息をついて端末を操作する。ディスプレイを立ち上げると、ミサキからメッセージが届いていた。

〈リオン、大丈夫？〉

家を出るときにメッセージを送ったきりだったので、ミサキは心配していたようだ。『大丈夫』と僕は手早く返事を送った。『今、目的地の近くまで来てて、喫茶店でちょっと休んでる。雰囲気いいとこで、カシスジュースがおいしい』

〈すごい。余裕だね。さすがはリオン〉

ミサキにほめられると俄然《がぜん》、元気と勇気が湧《わ》いてきた。そう、僕は余裕なんだ。

『あったり前だろ。だからオレに任せとけって。目的地に着いたら報告するよ』

ついでに目的地の写真をSNSにアップしようかなと僕は考えた。そしたらフォロワーのみんなにも伝えられる。僕はネットの中だけじゃなく、現実でもちゃんと動ける人間なんだって。ただの引きこもりじゃないという、僕自身の証明にもなる。

「おい、なんだこのクソまずいコーヒーは！」

すぐ横でいきなり怒鳴《どな》り声がして、僕はびくんと身体を震わせた。反射的に画面を消そうとして、慌てて動かした手が水の入ったグラスにぶつかる。あっと思ったときには遅く、グラスが倒れてほとんど飲んでいなかった中の水がカウンターの天板にぶちまけられていた。

しかもものすごくまずいことに、垂れた水が隣の客のズボンを濡らしてしまっていた。

「何してんだ、小僧！」

店内の空気を震わせるような怒声が、今度は僕に降り注ぐ。

「ご、ごめんなさい……」

ミサキにほめられて湧いたばかりの元気と勇気がみるみるしぼんでいく。やっぱり最悪だ。恵美さんといい、この客といい、なんでこの店には怖い人ばっかりいるんだろう。

「どうもすみません」

ふきんで濡れた天板を拭きながら、康介さんも謝る。「ズボンも濡れちゃいましたよね。もしよかったら――」

「もういい！」康介さんの言葉を最後まで聞くことなく、バンッと天板を叩いてお客は席を立った。そのまま店を出ていこうとする。当然というべきなのか、コーヒーのお金を払うつもりはないようだ。

荒々しくドアを開けて、怖いお客は出ていった。澄んだベルの音が、張りつめた空気の中に、やけに綺麗な音色を響かせていた。

「――あ、ちょっと待って！」

ワンテンポ遅れて康介さんが声を発し、カウンターの下から小さな袋を手に取って店を飛び出していく。小さな袋は、レジ横にも置かれている販売用のクッキーだ。お詫びの品として渡そうというのだろう。

どうしよう。僕も追いかけたほうがいいのかな。椅子から中途半端に腰を浮かせた状態で迷っていると、

「まったく、人騒がせだね」恵美さんが言って、優雅にあくびをした。抱えたクッションにぽふんと頭をのせ、そのまま目を閉じる。

……また寝ちゃったよ。なんとなく拍子抜《ひょうしぬ》けして僕も椅子に座り直す。せめて後始末くらいしておこうと、カウンターの上に放置されたふきんで濡れた天板を拭いた。それから、気持ちを落ち着けるために端末を操作する。

SNSと掲示板をチェックしていると、やがて康介さんが帰ってきた。もちろん一人だ。

無言でカウンターの中に戻ると、康介さんは疲れたように深くため息をついた。あのお客に、外でもひどく怒られてきたに違いない。

「あ、あの……ごめんなさい」

声をかけると、康介さんははっとした様子で僕を見て、「あ、いや」と少し慌てたふうに頭を掻いた。

「あの客が怒ったの、そもそも俺が淹れたコーヒーが原因だし」

恵美さんいわくトラウマ級だというコーヒーだ。飲まなくてよかった、と僕はつい思ってしまう。

康介さんがまた黙ってしまうと、店内には微妙な沈黙が流れた。「あの」と僕は切り出す。

「オレも、そろそろ行くから」

ピザトーストの皿もカシスジュースのグラスもとっくに空になっていた。僕にはやるべきこともあるし、ここに長居はしていられない。

「いくら?」と訊くと、「いいよ、俺のおごり」と康介さんは答えてから、

「それよりリオンさ、もし何か困ってることがあるなら、まどかに相談に乗ってもらえよ。こんな感じだけど一応、まどかは凄腕《すごうで》の名探偵だから」

「め、名探偵?」僕は目を丸くして、クッションを抱えてこっちを見ている――寝てたんじゃなかったのか――恵美さんを見やる。この人が名探偵？　しかも凄腕とか。嘘だろ。

「僕、相談に乗る気なんてないんだけど」

勝手なことを言うなとばかりに眉をひそめる恵美さん。警官に続いて名探偵にまで出くわすとか。一体なんの嫌がらせだよと言いたくなる。

「いや、全然大丈夫！」

僕は笑顔を全開にして応えた。「ただ友だちに会いに行くだけで、それでちょっと道に迷っただけだから。わざわざ相談に乗ってもらうこともないし」

ごちそうさまでした、と元気よく頭を下げて、僕は出入り口のドアへ向かう。最後にもう一度、笑顔で振り返って康介さんたちに手を振ってから、ドアを開けて店の外へ出た。

3

「いやもう、あいつ、絶対に怪しいだろ」

リオンが去り際に見せたつくり笑いは、めちゃくちゃ不自然で気持ち悪かった。あれで何かをごまかせたと、あいつは本気で思っているのだろうか。

「まったく。なんでうちにはああいうおかしな客ばっかり来んのかねえ」

「店をやってる人間がおかしいからじゃない？」

深くため息をついた俺に、おかしな客の最たるものといっても過言ではないまどかが、立ち上げたディスプレイを眺めながらそんな言葉を投げてきた。

「まどかチャンにおかしいとか言われたくねーし。ってか、何見てんだよ？」

覗き込むと、ディスプレイに表示されているのはＳＮＳのようだった。『特定屋・桃太郎』というアカウントのプロフィールページだ。

「……これって、お前のアカウントじゃないよな？」

「さっきリオンが見てたんだ」

「え。この距離であいつが見てた内容を覗けたわけ？」

「記憶に潜って、ズームで拡大して確認したんだよ」

「へえ。お前の得意技って、そういう使い方もできるんだ」便利だなあと俺は感心しつつ、

「ということはそれは、あいつのアカウントってわけか」

桃原という苗字からの連想で『桃太郎』なのだろう。特定屋を名乗る通り、その投稿の多くは、特定が完了した事実を報告するものだった。

『特定完了』という短い文章に、対象と思しきアカウントの投稿とプロフィールの画像が添えられている。また、『次のターゲットはこいつです』という、次の特定対象を告げる投稿も目についた。

どうやら『特定屋・桃太郎』は、誰かの依頼を受けて特定するのではなく、自分で対

象を定めた上で特定するというやり方を基本としているようだ。

「こういう特定屋とか特定班って、罪にはならないわけ？」

「ネットにアップされた情報をもとに個人を特定する行為そのものは違法ではないよ。ただし、特定した情報を晒《さら》すことはプライバシーや肖像権の侵害にあたる」

画面を操作しながら答えるまどか。『桃太郎』が特定した内容はＳＮＳには投稿されていなかったが、まどかが次に匿名掲示板の画面を表示させると、そこには特定相手のものらしき個人情報がばっちりと晒されていた。

この掲示板もまた、リオンが見ていたものだとまどかは言う。匿名なので、晒したのが『桃太郎』とは断定できないが、個人情報を晒したその人物は、他の者たちから称賛され、英雄のようにまつり上げられていた。

「…………」俺の内側からは、なんとも苦いものが込み上げてくる。

まどかの指がディスプレイをタッチして、再びＳＮＳの『桃太郎』のページを表示させた。するといつの間にか更新されていて、一枚の写真がアップされていた。

一見して廃墟《はいきょ》のような、古びたアパートが写っている。人の姿はなく、ずいぶんとさびれて荒《すさ》んだ雰囲気が写真からも窺えた。説明の文章などはないため、それがどこなのかはわからない。

「砲銘街にあるアパートだ」

が、まどかはすぐにわかったようだ。「老朽化のために取り壊しが決まっていて、住人の立ち退《の》きもすでにすんでいるはずだけど」

「つーことは、ここにリオンの友だちが住んでるってこともないよな」

もとより、わかりやすすぎる嘘だった。本当に友だちのうちを目指して道に迷っていただけなら、警官に声をかけられて逃げる必要などない。逆に、道を教えてもらえばよかったのだ。

「さっきの巡査も言ってたけど、そのアパートがある辺りは砲銘街でも特に治安のよくない一角だから。用がないならあまり近寄らないほうが賢明だね」

まどかは平然とそんなことを言ってのける。そんな場所にあんな小学生――ではなく中学生が一人で行く用があるとしたら、それはそれでかなり問題がある。

「あいつ、なんかヤバいことに足を突っ込もうとしてるんじゃないか」

「こんなものをやっているとしたら、その時点でもうとっくに突っ込んでるだろ」

画面を指先でぴんと弾くまどかの瞳と口調は、ずいぶんと冷めていた。

「いずれにしても僕には関係ない。自業自得だよ」

「そりゃ、そうかもしれないけどさ」子どもが危険な目に遭おうとしているかもしれないのだ。自業自得とはいえ、無視するわけにもいかないだろう。

「行こう」俺が言うと、「行ってらっしゃい」とまどかは返してきた。

「お前も行くんだよ」

「えー」とまどかは渋る。こいつ、本気で自分には関係ないと思ってるのかよ。仮にも探偵なんて仕事をしているくせに。

「ほら、行くぞ」

俺は強引にまどかをカウンターの椅子から引きはがした。

「……お前ってさ、いつも事務所の仲間にも、こんなことさせてるわけ?」

言葉の合間に、ぜえぜえと荒い息が口から漏れる。そんな俺に、通りがかった老人が奇異な視線をよこしながら通りすぎていく。成人の男が、同じく成人の男をおぶって歩いているのだから当然だ。

強引に外に連れ出したはいいが、まどかは歩く意思を見せず、連れていきたいならおんぶをしろなどと信じられない要求をしてきたのだった。

「文句を言うなら、康介が一人で来ればよかったんだ」

「あのアパートの場所、俺はよくわかんねーし。道案内が必要だろ」

「道案内ならリモートでもできただろ」

「俺が一人で治安のよくないとこに行って、お前は心配じゃねーのかよ?」

「別にー」と、俺の背中から非情な答えを返してくるまどか。

普段の調査のときも、こいつはこんなふうなのだろうか。仲間たちの苦労がしのばれた。

砲銘街という地域のことは俺も知っていたものの、足を踏み入れるのは初めてだ。もともと俺はこの街にはさほど詳しくない。《ライム》の店番をするようになってからも基本的にはほとんど店にいるため、以前より詳しくなったとも言いがたかった。

雑然とした歓楽街を抜けると、スラムのような一角が姿を現した。まだ昼間だというのに、酒を片手にふらふら歩くやつがいるかと思えば、明らかにヤバい目つきをしたやつが薄汚れた路地に座り込んでいたりもする。

まどかいわく、この辺りは不法滞在者なども多くトラブルが日常茶飯事で、犯罪件数も非常に多い地域らしい。リオンのような子どもが一人でうろつく場所でないのは明らかで、警官が声をかけたのも当然だった。

俺もまた、こういう街を歩いていると胸の辺りがざわざわして、なんとも落ち着かない気分にさせられる。日差しはまだ日中のそれで、じっとりとした暑さが肌にまとわりついてくるというのに、腹の底にひんやりとしたものを落とし込まれたような感覚が拭えない。周囲の空気もどんよりと淀《よど》み、濁《にご》っているように感じられた。

「写真に写っていたアパートはあれだよ」

背中のまどかが、前方に見えてきた建物を指差した。

実物を前にすると、いよいよ廃墟のようだ。もう何年も人が住んでいないふうに見えるが、まどかが言うに住人の立ち退きが完了したのは、つい数ヵ月ほど前のことらしい。この状態で、わりと最近まで人が住んでいたのか。

と、建物の前に佇む一人の人物が目に入った。アパートの二階部分をじっと見上げている。リオンではない。ほっそりとしたシルエットの髪の長い女性だ。

俺たちの気配に気づいたのか、女性はこちらに顔を向け、そしてぎょっと目を見張った。

「あっ。俺たち、怪しいもんじゃないですから」

慌てて言ったものの、男をおんぶした男は相当に怪しい。俺はまどかを背中から下ろす。

接客業で鍛《きた》えた笑顔を全開に「こんにちは」と挨拶をしても、女性は警戒心あらわな眼差《まなざ》しをしばし俺たちに向け続けていた。場所が場所だし、警戒されるのは仕方がない。

よく見れば、女性はまだ高校生くらいと思しき少女だった。

「君、こんなところで何を？」

まどかが問うと、少女は「あ」とようやく口を開いて、

「……わたし、この近くに住んでるんですけど。さっき、中年の男の人が中学生くらい

の男の子を連れて、あの部屋に入っていくのを見かけて」

説明しながら、少女はアパートの二階――五つ並んでいる部屋のドアのうち、向かって右端のドアを指差す。

「ここ、もう人が住んでいないはずなんです。だからちょっと気になって。その男の子、男の人に無理やり腕を引っ張られていたようにも見えたし……」

その男の子について詳しく訊いてみたところ、リオンに間違いなさそうだった。

やっぱりあいつ、しっかりトラブルに巻き込まれてるじゃねーか。相手の男が何者かは知らないが、こんなアパートの部屋に連れ込むなんて、ろくな目的じゃないに決まってる。

俺は迷わずアパートの外階段を駆け上がった。階段の手すりは錆だらけで、部屋のドアはいずれも落書きだらけだった。路上生活者などが住みかにしているのか、鍵《かぎ》が壊されていたり、ドアそのものが大きくゆがんだりもしている。

右端――二階の一番奥の部屋、二〇五と記されたそのドアもまた、落書きと劣化でひどく傷んではいたが、ドアの形は一応きちんと保たれていた。

「康介。もう少し慎重に――」

後から静かについてきていたまどかが俺をたしなめようとしたとき、ドアの向こうから大きな物音がした。何かが倒れるような音だった。

考える間もなく、俺はノブに手をかける。施錠はされておらず、ドアは抵抗なく開いた。

ワンルームの部屋の様子はすぐに目に飛び込んできた。落書きとゴミだらけの部屋には横倒しになった椅子があり、その椅子にリオンがロープでくくりつけられていた。

さっきの大きな物音は、リオンが椅子ごと倒れた音だったらしい。

「リオン！」

俺はすぐさまリオンに駆け寄る。口にテープを貼りつけられたリオンは、必死に目で俺に何かを訴えかけていた。早く助けてくれと言っているのだろう。

「待ってろ。すぐ助けてやるから」

口のテープをはがしてやろうとすると、横からまどかの手が伸びてきて、無情なまでに荒っぽくテープを引きはがした。「いだあっ」とリオンが悲鳴を上げる。もうちょっと優しくしてやればいいのに。子ども相手に、まどかは容赦がなさすぎる。

「あ、あそこ」と、痛みにもだえるのもそこそこにリオンは俺たちの背後を示す。

振り返った俺の目が古ぼけたクローゼットを映すと同時に、その扉が勢いよく開かれて、中から一人の男が飛び出してきた。

リオンに気を取られて、クローゼットの存在など目に入っていなかった。さっきのリオンの必死の訴えは、そこに隠れている相手の存在を俺たちに教えようとしていたらしい。

男はマスクとサングラスをして、この季節なのに前をきっちりとめてトレンチコートを着込んでいた。顔立ちはよくわからないが、白髪まじりの短い髪と全体的なシルエットから、中年の男らしいことはわかる。右手にはナイフを握っていて、その切っ先が窓から差し込む陽を受けて凶悪に光っていた。

かくれんぼ好きの善良なおじさん、という可能性は排除していいだろう。

「まどか、下がってろ」

探偵とはいえ、まどかは荒事《あらごと》はいかにも不得手そうだ。リオンとまどかを背後に守り、俺は男と対峙《たいじ》する。

まっすぐに相手を見据えると、ナイフを持つ男の手に力がこもるのがわかった。刃《やいば》の先がほんのわずか揺れている。腰も引けているし、この男も荒事にそう慣れているわけではなさそうだ。

素早くこちらから踏み込んだら、きっと向こうは咄嗟に対処できない。その一瞬の隙をつけば、丸腰でも勝ち目はありそうだった。

やや体勢を低くして、相手に向かって踏み出そうとしたとき——男はくるっと背を向けた。左目の下辺りに大きなほくろがあるのが一瞬、サングラスの隙間から見て取れた。

男は一目散にドアのほうへと駆けていき、そのまま外へ出ていった。

「へ？　……あ、おい。待て！」

あまりにも見事な逃げっぷりに俺は唖然《あぜん》としかけたものの、すぐに我に返って、男を追いかける。

4

助かった……。自由になった身体を動かして、僕はホッと息をつく。

なんでこんなことになったのか、まったく意味がわからなかった。目的のアパートに着いて、撮った写真をＳＮＳにアップしたら、いきなりあの男がどこからか現れて。この部屋に引きずり込まれ、ナイフを突きつけられながら口にテープを貼られて、椅子にくくりつけられた。何がなんだかまったくわからない。

だけどすごく怖かった。殺されるかと思った。部屋の外で足音が聞こえたとき、椅子ごと倒れてみたのは賭けだった。足音の主があの男の仲間だったら終わってたけど。康介さんたちで、本当によかった。

あの喫茶店に入って康介さんたちと会ったのは、不運じゃなくて幸運だったのかもしれない。

でも――この状況はすごく気まずくて。正直、どうにかしてもらいたかった。

康介さんは逃げた犯人の男を追いかけていった。だから今、部屋には僕と恵美さんの二人きり。恵美さんは僕の身体のロープをほどいてくれた後、なぜか目を閉じてじっとしている。何をしてるのかはわからない。声をかけづらくて、訊くのはためらわれた。

やっぱりこの人は、見た目はすごく綺麗だけどなんか怖い。あと、子どもに優しくないと思う。さっきだって僕の口に貼りつけられたテープ、ものすごく乱暴にはがしたし。おかげでまだ口の周りがひりひりしてる。

「それで、ここが君が会おうとしていた友だちのうち？」

急に恵美さんが目を開けて、僕に向かって訊いてきた。それが僕の嘘だと、わかった上で尋ねているのは明らかだった。やっぱりこの人は意地悪だ。

「嘘をついたのは悪かったよ。……でも、ミサキが言ったから。自分たちを苦しめたやつが、ここに住んでるって」

ミサキ。その名を口にすると、僕の胸はきゅっと絞られたようになって、頭がたちまち混乱してくる。僕を捕まえたあの男もまた、その名前を口にしたからだ。

しかもあの男は、信じられないことを言った。

――はじめまして、リオン。僕がミサキだよ。

椅子に縛りつけた僕の鼻先に、鋭いナイフの先を突きつけながら。あいつは笑ってそんなことを言った。あの男がミサキ？　そんなはずはない。そんなの嘘に決まってるのに。

「ミサキって？」

尋ねてきた恵美さんに、僕は全部正直に説明する。『桃太郎』のこと、ミサキのこと、ここへ来た目的――いまさら嘘をついたって仕方がないし、僕に向けられた恵美さんの目には、それを許さない静かな迫力があったから。

恵美さんに説明しながら、僕はミサキとの友情を噛みしめる。あれが全部嘘なんて。それこそ嘘だ。あの男は嘘をついたに決まっている。

「他人の個人情報をネットに晒す行為は違法だよ。君もわかってると思うけど」

僕の『桃太郎』の活動と、それによる今回の行動を、恵美さんは冷めたひと言で切り捨てた。僕はむっとしながら「わかってるよ」と応える。

「けど、ミサキたちを苦しめたそいつは、他でも似たようなことをしてて。今もたくさんの人たちを苦しめてるすごい悪いやつだっていうから。そんなの、許せないだろ」

「そんなに悪いやつがいるとわかっていながら、警官に声をかけられても相談せず、逃げ出したのはなぜ？　僕が探偵だと知ったときも、君は逃げるように店を出ていったよね」

「だって……相談したって無駄だろ。このアパートにミサキたちを苦しめた悪いやつが住んでますって言って、警察や恵美さんたちはどうにかしてくれんのかよ？」

「僕がそう言われたら、まずはその話そのものを疑うだろうね」

「ほらな。結局そうやって——」

「でもそれ、君の言い訳だろ」

恵美さんは冷たく言葉を投げてくる。

「警察や探偵に期待ができなかったとしても、逃げる必要まではない。君が逃げたのは、僕たちが邪魔だったからだ。僕たちに事情を知られたら、自分がヒーローになることを妨げられるから」

「なっ……」

「自分の手で悪をこらしめた気になって。それで周りからも称賛されて。それが気持ちいいから、君はいつもSNSで探しているんだろ。新しいターゲット——君をヒーローにしてくれる存在を」

「違う！」

そんな言われ方には我慢がならなかった。なんでこの人にそんなふうに言われなきゃいけないんだ。なんにも知らないくせに。僕のことも、ミサキのことも。なんにも知らないくせに。

「ネットの中には、悪いやつらがいっぱいいいるんだ！　そういうやつらに苦しめられてる人たちがたくさんいるんだ！　なのに警察も探偵も、悪いやつらを野放しにしてるじゃないか。実際に事件が起きなきゃ動かないじゃないか。事件が起きてからじゃ遅いのに！　だからオレは、毎日パトロールしてそういうやつらを見つけてるんだ。誰かに対して誹謗中傷をしまくってるやつとか、動物を虐待したり、お店で迷惑行為をしたりする動画をアップして楽しんでるやつとか。他にもいろいろ……匿名をいいことに誰かに迷惑をかけたり苦しめたりしてる、悪いやつらをこらしめるために！」

僕がすることは間違っていないはずだ。絶対に、間違ってるわけがない。

「特定した情報を晒すのがいけないことだってのはわかってるよ。でも、悪いやつをこらしめるには正しいやり方だけじゃダメなんだ。だからこそ警察や探偵だって動けないわけだろ。オレが悪いことをしてるとしても、それは必要悪ってやつなんだ」

「そうだね。自分が悪いことをしているのを、君はきちんと自覚している。だからSNSでは特定が完了した事実だけを投稿し、特定した内容は匿名掲示板に書き込むという方法を君はとっている」

「……そのやり方が卑怯《ひきょう》だって言いたいの？　SNSで情報を晒して、オレのアカウントが凍結されたりしたら活動に支障が出る。悪者を倒すためには、自分の身もちゃんと守る必要があるんだ」

「悪者を倒す、か。やっぱりヒーロー気取りだね」

くすっと小さく笑う恵美さんに、僕はいよいよ腹が立ってくる。

「恵美さんは、オレのやり方が気に入らないわけ？　自分たちがどうにもできない悪者を、オレみたいなシロートがこらしめることがムカつくの？」

「別に。僕は特定屋という存在自体を否定するつもりはないよ。君が言う通り、事件が起こってからでないと警察や探偵は動けないというのも事実だ」

「なら、ほっといてくれたっていいじゃないか」

「何が『悪』で、何が『正義』なのか。自分のその判断が本当に正しいものなのかどうか。君がきちんと考えた上で動いてるならいいんだけどね」

ふん、と今度は僕が鼻で笑う番だった。子どもだからって馬鹿にしてる。

「考えなくたってわかるだろ、そんなのは」

「そういうのは、思考停止っていうんだよ」

恵美さんの口調と眼差しは、ものすごく冷ややかだった。僕は思わずひゅっと息を呑む。

「君は、ミサキに頼まれてここまでやってきたと言った。ミサキの話を聞いて、それが真実かどうか確かめることもせずに。相手の一方的な話のみを信じて行動を起こしたんだ」

「だって、親友の話を疑うわけないだろ！」

負けじと返した僕の耳の奥に、またもあの男の声がよみがえる。

——はじめまして、リオン。僕がミサキだよ。

やめろ。そんなの嘘だ。嘘だって、信じたいのに。僕の頭には疑問が膨らんでしまう。それなら、どうしてあいつは僕のことを知っていたんだろう？　ミサキのことも知っていたんだろう？

「つまり君の善悪の判断力は、その程度のものってことだよ。自分で考えようとせず、与えられた情報を鵜呑《うの》みにして行動する。それは、うわべの情報に踊らされて人に誹謗中傷を浴びせる輩《やから》と変わらない」

「違う……」

「そういう連中を、僕は軽蔑《けいべつ》する」

冷ややかを通り越し、凍《い》てつくような恵美さんの瞳。その言葉も氷の刃のように冷たくて、僕の心に鋭く深く突き刺さる。「違う」と僕は懸命にその刃から身を守る。

「一緒にするなよ！　オレは正しいことをやってるんだ。みんなだって、オレのやってることは正しいって……。だからオレをほめてくれるし、協力もしてくれるんだ！」

「みんなって、君のフォロワーのこと？　君というヒーローの陰に隠れて、君が定めた『悪者』に石を投げつけるのはさぞ楽しいし、ストレス発散にもなるだろうね。なんの責任も罪悪感もなく、正義の拳《こぶし》で人を叩ける。そんな娯楽を提供してくれる君は、彼らにとってはまさに英雄だ」

最低だね、と言いたげに恵美さんはまた薄く笑ってみせてから、

「そういう周りからいいように利用されていることにすら、君は気づいていないんだ」

ひどい。そんな言い方、あんまりだ。目の奥が熱くなり、鼻がツンとした。泣いてたまるか。僕は拳を握り、手のひらに爪《つめ》を食い込ませて、溢れてくるものを必死でこらえる。

「そこまで言わなくたっていいじゃないか。オレはまだ――」

「子どもなのに？　だけど、子ども扱いするなって言ったのは君だろ。都合のいいときだけ子どもの立場を主張するなよ」

僕のダムは決壊した。両目からひとたび熱いものがこぼれると、もう止まらなかった。後から後から、溢れて頬を濡らしていく。

確かに僕は、気分がよかった。現実ではちっぽけで無力な自分が、ネットの世界では悪者をこらしめて、みんなからほめられる。すごいと言ってもらえる。ヒーロー気取りだったのは認める。

だけど――大切な親友を助けたいっていう気持ちも、本当に本物だったんだ。

「もっとも」恵美さんの表情が、そこでふっとやわらいだ。瞳も口調も、心持ち穏やかでやわらかなものに変化する。まるで氷が溶けたみたいに。

「事実として、君はまだ子どもだ。だからこそ、未熟な判断で行動を起こせば危険な結果を招くことになる。今回みたいにね」

と、入り口のほうで物音がした。康介さんがようやく戻ってきたらしい。しゃくりあげている僕を見て、康介さんはぎょっとした顔をする。

「おい、まどかチャン。俺がいない間になんで子どもを泣かせてんだよ」

「泣かせてない。勝手に泣いたんだ」

そんなわけないだろと言い返したかったけど、それもなんか悔《くや》しかったので、涙を拭いながら代わりに「子どもじゃない」と僕は返してやった。

「康介が一人で戻ってきたってことは、あの男は逃がしたわけ？」と恵美さん。

「なわけねーだろ。ちゃんと捕まえたよ。途中であの巡査と出くわしてさ」

逃げた僕を《ライム》まで追いかけてきたあの警官のことらしい。

「不審な男がこのアパートに男の子を連れ込んだって、女性の声で通報があったんだってさ。それってたぶん、アパートの前で会ったあの女の子だよな。いつの間にか姿が見えなくなってたけど」

僕にはよくわからない話だったけど、その通報によって駆けつけた巡査と協力して、あの男を無事捕まえたという。巡査が応援を呼んでくれたので、間もなくここにも警察の人間たちがやってくるだろうと康介さんは話した。

「けどあの男、一体なんだったんだ？」首を傾げながら、康介さんが僕のほうを見やる。

「……自分がミサキだって。あいつ、言ってた」

「ミサキ？」事情を知らない康介さんは、ますます不思議そうな顔になる。

「今年の初めに、この街にあった小さな中華料理店が閉店したんだ」

不意に、恵美さんがそんなことを話し始めた。

「家族で経営する、地元ではそこそこの人気店だったんだけどね。その店で一緒に働いていた店主の弟が、ＳＮＳを使った詐欺事件に加担していたとして逮捕された。それだけなら、問題はそこで終わっていたんだろうけど」

その弟の所業と個人情報はネット上に晒されていた。それにより、彼が働いていた店には誹謗中傷が寄せられるようになり、連日嫌がらせを受けるようにもなった。それらは日々激しさを増し、とうとう店は閉店を余儀なくされたという。

ミサキの話とよく似ていた。そしてそれとは別に、僕の脳裏には思い出されるものがあった。ひとつの名前が、記憶の底から浮かび上がってくる。

「さっき記憶に潜って確認してみた。あの男はその店の店主だったよ。背格好と顔の輪郭、それから左目の下の大きなほくろが同じだった。《オザキ飯店《はんてん》》の店主だ」

「オザキ飯店！」まさに今、僕の頭に浮かんでいた名前と同じだった。

去年の冬頃、僕が突き止めたのだ。SNSで詐欺の被害に遭ったという人から、犯人のアカウントを特定してほしいと頼まれて。そいつの正体は、《オザキ飯店》というところで働いている男だった。

僕がそのことを話すと、恵美さんはやっぱりね、という顔で頷いた。

「ちなみにオザキというのは一家の苗字で、漢字では『御崎』と書く。ミサキとも読めるね」

じゃあやっぱり、あの男がミサキだったのか……。呆然《ぼうぜん》とその事実を受け止める僕のかたわらを、「ミサキって？」と訊く康介さんと、面倒くさそうに説明する恵美さんの声が流れていく。

「つーことは、その《オザキ飯店》の店主は、弟が逮捕されて店も閉店に追い込まれたのは『特定屋・桃太郎』のせいだって考えて、リオンに報復したわけか」と康介さん。

「その前に、『桃太郎』の正体を特定するため、ミサキとしてリオンに近づいたんだろうね」

特定屋をやっている以上、僕自身が特定される危険性は常に考えている。自分の投稿には日頃から気をつけているから、SNSを探るだけでは僕の個人情報は手に入らなかったはずだ。

だから——あいつは僕の親友になることで、僕から情報を引き出したんだ。

「けど、それって逆恨《さかうら》みだよな。そもそもは詐欺なんかに加担してた弟が悪いんだから」

「そうかな。悪いのはあくまで本人であって、店とその家族は無関係だ。犯罪に加担したわけじゃないんだから、攻撃されるいわれはない。なのにネットで晒されたことで、嫌がらせの標的にされてしまった。正義の名のもとに人を叩きたいだけの連中にね。『桃太郎』を恨むには充分な理由なんじゃない？」

恵美さんの言葉は、どこまでも僕の心に追い打ちをかけてくる。

「ま、だからって今回みたいなやり方で復讐するなんてのは、馬鹿のやることだけどさ」

「だけどオレ、そんなの……」

「そう。君はそんなこと知らなかった。考えもしなかった」

一旦は止まった涙が、また流れ出しそうになる。すると、そんな僕の頭にぽんと康介さんの手が置かれた。

「ほらほら、まどかチャン。また子どもを泣かせんなって」

「泣かせてない」「子どもじゃない」と恵美さんと僕の言葉が重なる。

「リオンももう、身をもって痛感してるだろ。とにかくみんな無事でよかったよ。リオンも俺たちも怪我もなくすんだし、ひとまず犯人もちゃんと捕まったたし。今はそれが一番ってことで、いいんじゃね？」

なあ、と笑いながら康介さんはぐしゃぐしゃと僕の頭を撫でてくる。だから、子ども扱いすんなって。髪もぐちゃぐちゃになるじゃないか。そう文句を言いたかったけど
――

僕の頭を撫でる康介さんの手の感触が、なんだかやけにあったかくて、優しくて。

不覚にも、僕の目からはまた熱いものが溢れてくる。

*

八月の最終日。リオンは再び《ライム》を訪ねてきた。

「ほんとは父さんも一緒に来るはずだったんだけど、システムトラブルが起きたとかで会社に呼ばれちゃって」そう言って菓子折りを差し出して礼と謝罪の言葉を口にした後、すぐに帰っていこうとするのを「せっかくだからジュースの一杯くらい飲んでいけよ」と俺は引きとめた。

例によってカウンター席の端にはまどかの姿があり、リオンは猛獣を警戒するように、そろそろとその隣に腰を下ろした。

「……僕を拉致《らち》したあの男だけどさ」

少し迷う様子を見せてから、やや遠慮がちにリオンは切り出した。「オレ」だったはずの一人称がいつの間にか「僕」に変わっている。

「やっぱり、《オザキ飯店》の店主だったって」

あの日、アパートに到着した警官たちから俺らは事情を訊かれたが、犯人は確保済みだったためか、解放されるのは思ったよりも早かった。一方でリオンは警察に保護され、のちに父親が迎えに来たらしい。その後の詳しいことは俺は知らない。まどかはひょっとすると、裏で情報を得ているのかもしれなかったが。

リオンが説明してくれたところによると、真相はおおむねまどかの推測通りだった。《オザキ飯店》の店主は、弟が逮捕されたのはともかく、店が嫌がらせを受けて閉店に追い込まれたのは『特定屋・桃太郎』が情報を晒したせいであると考え、『桃太郎』に恨みを抱いたらしい。

その恨みを晴らすため、『ミサキ』として近づいて『桃太郎』の素性を探り、充分に信用を得たところで、あの場所にリオンをおびき寄せて捕まえた。だが、ちょっと怖がらせてこらしめたかっただけで、本気で危害を加えるつもりはなかったと当人は話しているようだ。

「後からだったら、どうとでも言えるよな」

彼にも同情の余地があるとはいえ、今回のやり方とその言い分は俺にはどうにも気に食わなかった。

リオンの父親はＩＴ関連の会社を経営しているらしいから、慰謝料代わりに身代金《みのしろきん》をとってやろうと企《たくら》んでいた可能性は充分ある。確かにあの男は、俺が応戦しようとしたらすぐに逃げ出した。それでも、ナイフはしっかりと持参していたのだから。

「なんにしても、そんな中途半端なら最初からやるなって感じだよ」

「それって、リオンが危害を加えられたほうがよかったってこと？」

クッションの端についたタッセルをいじりながら、まどかが問うてくる。

「ちげーよ。悪人になりきる覚悟もないのに、犯罪に手を染めようなんて百万年早いってこと」

「それってやっぱり、覚悟があれば犯罪に手を染めてもいいように聞こえるけど」

「ああもう、うるせーな。刃物で脅してリオンを拘束しといて、危害を加えるつもりはなかったのなんだのって、言い訳がましくてムカつくんだよ」

「うん、それは同感だ」と今度はまどかも頷いた。

俺たちがそんなやりとりをするかたわらで、ふと気づけばリオンはうつむいている。片手はグラスのストローに添えられているものの、中に入ったカシスジュースはほとんど減っていなかった。

未成年ということもあって、『特定屋・桃太郎』が逮捕される事態にはならなかったが、リオンは警察から厳しく注意を受け、父親からも叱られたようである。それ以前にも俺が犯人を追っかけている間、まどかからはずいぶんとキツいことを言われもしたようだ。

だが、彼の心に何より大きなダメージを与えたのは、やっぱりミサキだろう。

大切な親友の正体が、あの《オザキ飯店》の店主——しかも、復讐《ふくしゅう》のために親友のふりをしていたというのは、大人にとってもなかなかにハードな真相だ。

リオンが心に負った傷の深さと大きさは、察するに余りある。自業自得という言葉で片づけてしまうのはあまりに酷だった。この状況で、元気を出せなんて言っても無駄だろう。

ならば、俺にしてやれることはひとつだけだ。

「よしっ。それじゃあ、リオンのために康介様がとっておきのカフェオレを淹れてやろう」

リオンが弾かれたように顔を上げた。ぶんぶんと激しく首を振り、「いらない！」と全力で拒否する。

「初体験が康介の淹れるカフェオレっていうのも、なかなか貴重な経験かもね」とまどか。

「恵美さんこの前、トラウマになるからやめろって言ったじゃん！」

「え、そうだっけ。忘れちゃった」記憶の天才にあるまじき台詞をまどかは放つ。「まあでも、トラウマを新たなトラウマで塗りつぶすのもアリかもよ」

「意味わかんないんだけど！」

二人のやりとりを尻目に、俺はじっくりと心を込めて新たなコーヒーを淹れ、リオンのためにカフェオレをつくる。

「俺も子どもの頃、すげえ落ち込んでたときに、じーちゃんにカフェオレを淹れてもらってさ。それが初めて飲むコーヒーの味だった」

そう話しながら、俺はカフェオレを注いだカップをリオンの前に置く。「康介様の特製カフェオレ、お待ちー」

「うう……」リオンは罰を受ける罪人みたいな表情で、そろそろとカップに手を伸ばし、腹をくくったように口をつけた。

「――んっ」リオンの目がカッと見開かれる。カップから口を離すと、手に持ったそれと俺の顔とをまじまじと見比べた。

「何これ。すっげーうまい！」

「え、マジ？」俺は驚き、「リオン、味覚がおかしいんじゃないの？」と、まどかはリオンに対しても俺に対しても失礼なことを言う。

「マジでうまい。これ」

更にひと口飲んでリオンが繰り返すので、まどかも気になったらしい。「僕にもちょうだい」と乞《こ》うてきた。まどかにも特製カフェオレを淹れてやると、それを飲んだまどかもまた、先のリオンと同様に目を見開いた。それから、いぶかしそうに俺を見上げて、

「……ほんとにおいしいんだけど。康介、もしかして死ぬの？」

「なんでだよ！」

失礼極まりないやつだ。試しに俺も飲んでみると、本当にうまかった。「おおっ」と感嘆の声が漏れる。

「すげえ。まぐれの奇跡が起きた！」

俺の奇跡のカフェオレで、ちょっぴり元気と前向きな気持ちを取り戻してリオンは帰っていった――と言いたいところだが、実際の効果のほどはわからない。ただ、帰り際にリオンが前を向き、小さな笑顔を見せていってくれたのは確かだ。

「ミサキってのは、本当にあの男が演じてた存在だったのかな」

まどかと二人きりになった店内で、俺はぽつりとそんな言葉を落とす。当たり前だろ、とまどかからは呆れた返事が返ってくると思いきや、

「彼がミサキなら、何ヵ月もリオンに付き合って親友のふりをしている必要はなかった

だろうね。リオンの話だと、けっこう早い段階で二人は『親友』になったみたいだから。もっと早い段階でリオンをどうにかするチャンスはいくらでもあったはずだ」

意外なまどかの言葉に、俺は「え？」と目をしばたたく。

「僕は何度か、《オザキ飯店》に食事をしに行ったことがある。あそこは御崎夫婦と店主の弟の三人で切り盛りしていたけど、たまに高校生くらいの娘が手伝っていることがあった」

「高校生くらいの娘？　それってもしかして……」

俺の脳裏には、アパートの前で会った髪の長い少女の姿が思い浮かぶ。

「そう。あの子」と、俺の頭の中を覗いたようにまどかは頷いた。

「彼女はリオンのことを、『中学生くらいの男の子』と言っていたけど。あれはリオンが中学生だと知っていないと出てこない言葉だと思う」

リオンは一見して小学生にしか思えない。つまり彼女は、リオンのことを知っていたわけだ。

「つまり、ミサキの正体は彼女だった可能性もあるってことか」

彼女は父親を手伝っていたのかもしれない。現にあの場所にいたのだから、その可能性は高い。中学生の少年を信頼させる役は、中年の男よりも高校生の少女のほうが適任だろう。そう考えてから、「あれ」と俺は首を傾げる。

「でもあの子、俺たちにリオンの居場所を教えてくれたよな？　警察に通報したのもあの子みたいだし」父親を手伝っていたなら、その行動は矛盾している。

「彼女は父親の計画に全面的に賛成した上で協力していたわけではなかったのかもしれないね。大体、リオンをおびき寄せるなら、『会いたいから来てほしい』と普通に頼めばよかったんだ」

大切な親友から会いたいと乞われたら、多少迷ったにしてもきっとリオンは行っただろう。そのほうがリオンだって警戒せず、捕まえるのだってよりたやすくなったはずだ。

「なのにミサキはわざわざリオンに自分の家庭の事情を打ち明けて、あのアパートに『悪いやつ』がいることを伝えた。そうやって、ミサキはリオンにさりげなく真相を伝えたんだろう。残念ながらリオンは気づかなかったようだけど」

だとすると、ミサキは心の底ではリオンが来ないことを願っていたのかもしれない。だが、リオンは来てしまった。そして計画通りに捕らえられてしまった――

「ミサキもそれなりに複雑で、苦しい立場に立たされていたのかもね」

きっと彼女も、最初は自分たち家族を苦しめた相手に復讐したくて、父親に協力していたのだろう。でもリオンとやりとりをするうちに、彼女にとってもリオンは真の親友となった。だから家族と親友との間で、ミサキは板挟みになって苦しんでいた――そう考えるのは、希望的観測にすぎるだろうか。

「しっかし、お前はさあ……感心を通り越して、もはやちょっと引くわ」

俺がしみじみ言うと、「なんで引くんだよ」とまどかは不服そうに頬を膨らませた。

「つーか、そこまでわかってたなら、なんでリオンにそれを話してやらなかったんだよ」

真実は定かでないとしても、その可能性はリオンの救いと希望になったかもしれないのに。

「これはあくまで僕の推測にすぎない。それに、そこまで親切に教えてやる義理は僕にはないよ。真実を知りたいとリオンが望むなら、自分で考えて調べるべきだ。人から与えられる言葉を鵜呑みにするんじゃなくてね」

まどかはやっぱり容赦がない。「厳しいねえ、まどか様は」と肩をすくめながらしかし、俺はリオンが店を後にする際のことを思い返していた。

まどかに対してずっと緊張した様子を見せ、目を合わせることも避けているふうだったリオンは、帰り際にふと意を決したようにまどかと向き合った。そして、まどかの目をまっすぐに見て、言ったのだ。

「僕、二学期から学校、行ってみようと思ってるんだ」

父親からは、転校やフリースクールも勧められたという。リオンの父親は父親で、息子の不登校についてそれなりに考え、彼に合う学校などをいろいろと調べていたらしい。

「つらいなら無理せず逃げてもいいんだって言われた。でも、僕が学校に行かなくなったのは、イジメに遭ったからとかじゃなくて……確かに嫌なやつはいたけど、それ以前の段階で僕は相手から逃げた。僕にとっては、ネットの世界のほうが楽しかったから。現実なんて面白くないし、もういいやって。勝手に決めつけて、逃げたんだ」

だから確かめに行くのだと、リオンは言った。

「すごく怖いし、不安だけど。自分の目でちゃんと現実を確かめて、判断しないとだめだって思ったから。立ち向かうのか逃げるのかは、それから決めることだって」

「うん。いいんじゃない」

応えたまどかの口調はそっけなくもあったが、そこに冷たさはなく、瞳は穏やかだった。リオンははにかむようにちょっと笑って、それから礼の代わりにぺこりと深く頭を下げたのだった。

今回の一件で、リオンが深く傷ついたのは事実だろう。でも、それだけではないのかもしれない。自分自身がしていたこと、その結果招いてしまったこと。それらをきちんと受け止め、反省した上で、彼は彼なりに成長しようとしているのかもしれなかった。

だとすれば、確かに余計なお節介は不要なのかもしれないな、と俺は思い直す。

「それより康介。カフェオレ、もう一杯ちょうだい」

まどかが言って、空になったカップを差し出してきた。「ついでにハチミツとシナモンも入れて」と要求してくる。『恵美まどかスペシャル』をつくれということらしい。

お望み通り、俺は特製カフェオレにハチミツとシナモンを入れて提供する。

すると、カップに口をつけるなり、まどかは激しく咳《せ》き込《こ》んだ。

「なんでいきなりこんなひどい味になるんだよ！」

「お前の言う通りに入れてやったんだろーが」

「バランスってものを考えろよ」

「そんな難しいものを俺に求めるなっつーの。ちなみにそれ、最後の一杯だから。大事に飲めよな」

もう二度ともとには戻らないカップの中の液体に、なんとも恨めしげな視線を落とすまどか。

これこそ自業自得、と俺は思った。

第四話　来夢《らいむ》の死角

1

カウンター席の端っこに眠り姫がいる情景も、いい加減見慣れたものになった。

いや、それもどうなんだよと思いながら、さすがに今日ばかりは文句を言いたくなる。

「おーい、まどかチャン。朝ですよー。というか十時過ぎですよー。起きてくださーい」

例によってクッションを枕に気持ちよさげに眠っているまどかの頭を、俺はぺしぺしと叩く。

「さっきから何度も言ってるけど、今日はうちは休業。お休みなんだよ」

九月五日。店の入り口のドアには『CLOSED』の札が下がっているというのに、まどかはまったく構う気配がない。今日に限っていつもの開店時間である午前九時に早々に姿を現したまどかは、フツーに店内に入ってくると、フツーにそのまま眠り姫モードに入った。

まあ、入り口のドアに鍵をかけておかなかった俺も悪いのだが。まさか堂々と札を無視して入ってくるとは思わないじゃないか。

「うるさいなあ」と、まどかはだるそうに身体を起こし、眠たげに目をこすりながら、

「今日は定休日じゃないだろ」

「臨時休業だよ。じーちゃんが明日帰ってくるっつーからさ。念入りに掃除しておこうと思って」

「マスター、帰ってくるんだ」

ふうんと応えて、まどかはまたクッションの上に頭を戻そうとする。「こらこら」と俺は強引にまどかからクッションを奪ってやった。

「寝るなら自分の事務所に帰って寝ろって」

「やだ」俺の手からクッションを奪い返し、まどかは駄々っ子みたいに言い放つ。

「今朝、砲銘街の空き地で死体が見つかったらしいから。事務所にいたら、その調査の依頼が入ってくるかもしれないだろ」

「お前なあ……」死体が見つかったというのも物騒《ぶっそう》な話だが、まどかのその態度に俺は大いに呆れる。

「そんなんでちゃんと事務所をやっていけてるのかよ。昨日また、店にお前の仲間から電話がかかってきたぞ。『まどかさんはそちらにお邪魔していませんか？』って、今度

はていねいな口調で訊かれた」

「ああ、健三《けんぞう》だ」とまどかは頷く。

ちなみにそのとき、やはりまどかは店にいなかったため、「いらしてませんよ」と俺もまたていねいに答えたのだったが。

「『まどかさんの美しい寝顔によからぬことを考えるような輩が現れた場合には、遠慮なくご連絡ください。ただちに赴いて処しますので』とか、にこやかな感じで言われたんだけどさ。処すってなんだよ。あの健三クンとやら、ちょっとアブなくね？」

しかもあの口ぶりからすると、まどかがうちの『眠り姫』になっている現状も知ってるみたいだし。なんかもう、完全にいろいろと仲間にバレてるじゃねーか。

「僕もちょっと困ってるんだよねえ」

本当に少し困っている――というか、呆れているふうに息をつくまどか。マジでアブないやつなのか？　健三クンが処しに来たらどうしよう。

そんなことを考えているとドアベルが来客を告げ、俺は思わず「ひいっ」と妙な声を上げそうになった。

開いたドアから、ワイシャツにネクタイ姿のいかつい中年男性が入ってくる。

健三クンではなかった。スーツのジャケットを小脇に抱えて大股《おおまた》でカウンターのほうへ近づいてくるのは、八柳署の藤樫刑事だ。

まどかいわく、万年巡査部長の主任刑事。藤樫刑事と会うのは、彼の息子の郁也がうちの店にやってきた、先月の一件以来だ。

「らっしゃーい、って言いたいとこなんすけど。今日はうち、休業日なんですよね」

「知ってる。表に札が出てたからな」

応えながら、藤樫刑事はまどかのほうを一瞥《いちべつ》して舌打ちする。なんでお前までここにいやがるんだ、と言いたげだ。この前は一緒に店にやってきた二人だが、決して仲がいいわけではないようだ。

「藤樫刑事、そんなに康介のコーヒーを気に入っちゃったの？」

すごいなあ、とまどかはわざとらしく目を見張ってみせる。

「なわけねえだろうが！」

「あ、ひょっとして、またアイスおごってくれるんすか？」

「ちげぇよ！」と、藤樫刑事は俺の言葉もすぐさま叩き落としてから、

「仕事だ仕事。今朝、砲銘街の空き地で死体が見つかった。その捜査で聞き込みをしてんだよ」

店内を見回して、「児玉さんはまだいないのか？」と俺に尋ねてきた。

「明日帰ってくる予定っす」

「そうか。なら、とりあえず今はお前らに訊いておくが。この男を見たことないか？」

藤樫刑事は端末を操作して、一人の年配の男が写っている画像を俺たちに見せた。歳は七十前後といったところか。目つきが鋭い上に唇を引き結んでいるせいで、気難しい印象を受ける。その時点で人相がいいとはお世辞にもいえなかったが、左の目尻にある傷痕が更にあまりお友だちになりたくない感を強めていた。人を見た目で判断してはいけないが、その人物に限っては、中身もなかなかにお友だちになりたくない感じであることを俺は知っている。

「この人なら先週、うちの店に来ましたよ」

あのお騒がせ少年、桃原リオンが警察に追われてうちの店に逃げ込んできたとき、この男もまた客としてうちにやってきた。俺が淹れたコーヒーがクソまずいと言って腹を立て、加えてリオンが水をこぼしたことで、怒ってすぐに出ていってしまったけれど。

俺がそう説明すると、「そうか」と藤樫刑事は頷いて、空き地で死んでいたのはこの男なのだと告げた。

「えっ。あの客が死んだんすか？　なんで？」

「それを今、調べてんだよ。詳しいことは話せねえが、状況からしてコロシなのは間違いねえ。この客がここへ来たのは、その一回きりか？」

「俺が見たのは、それが最初で最後でしたけど。あ、でも店に来たとき『児玉はいないのか』って訊いてきたんで。うちに来るのは初めてではなかったのかも」

「だとしても、それほど頻繁にこの店に来ていた客ではなかったと思うよ。僕も初めて見た顔だったから」

クッションを指先でもてあそびながら、まどかが言った。「他の常連客に訊いてみれば、あるいは誰か見たことがある人がいるかもしれないけどね」

ふん、と藤樫刑事は小さく鼻を鳴らし、少し考える素振りを見せてから、

「このホトケの名前は田仁川茂紀《たにがわしげき》っていうんだけどな。康介お前、児玉さんからなんか聞いたことねえか？」

「ないっすけど……その人、じーちゃんと関係のある人なんですか？」

「田仁川も元刑事だったんだよ。本庁の捜査一課にいた。二十年前、俺らがいた署の管轄で起きた連続殺人事件の捜査に加わって、そのときは児玉さんと組んでたんだ」

「へえ。二十年前っていうと、じーちゃんがちょうど警察を辞めた頃っすね」

「そうだな。その事件の捜査が終わった後、児玉さんは退官した」

「ってことは、それがきっかけで？　どんな事件だったんすか？」

俺が訊くと、藤樫刑事は少し困ったように首筋を掻いた。俺の視界の端で、まどかもまたクッションを抱え込んでこちらの話に耳を傾けている。

「夜遅くに一人で歩いている女を狙《ねら》って刺殺するっていう、通り魔的な事件だ。被害は五件に及んでた。捜査は難航してたんだが、田仁川刑事と児玉さんのコンビが有力な目

撃証言と証拠をつかんできて、一人の男を逮捕するに至ったんだ。二十年前の、ちょうど今頃のことだった」

「あの客って、そんな優秀な人だったんすか。うちの店に来たときは正直言って、かなり嫌な客って感じだったんですけど」

「能力的には優秀だが、性格に難があるってのは当時から言われちゃいたな。俺は個人的に接したことはほとんどなかったが、プライドが高くて自分の能力に絶対の自信を持ってるってのは見ててわかったよ。俺ら所轄の刑事を見下してるふうなところもあったしな。ここ数年は日雇い労働者として生活してたようだが、歳とって丸くなるどころかむしろより尖り具合が顕著になってたらしい。やっこさん、行く先々で何かしらのトラブルを起こしてやがる。タチのよくないとこから金も借りてたみてえだしな」

はあ、と藤樫刑事は深いため息を落とす。殺害の動機がわからず苦労するのではなく、動機となり得るものが多すぎて苦労しているようだ。

「ま、そんなわけだ。児玉さんが戻ってきたら、また改めて話を聞きにくる」

邪魔したな、と言って藤樫刑事は立ち去る素振りを見せたが、ふと思い立ったようにまどかのほうに目をやり、

「名探偵殿は、どうぞごゆっくりお休みください。お前なんぞの手を借りなくても、今回のヤマは俺らだけで充分解決できるからな」

そんな嫌みと皮肉を残していくことを忘れなかった。

「なんか、めっちゃライバル視されてるじゃん」

藤樫刑事が出ていったドアを見つめながら俺が言うも、まどかの応えはない。カウンターのほうに視線を戻すと、まどかは頭に手を添えて目を閉じていた。

どうやら記憶に潜っているらしい。でも、なんの記憶に？

間もなくしてまどかは目を開いたが、特に何かを説明してくれることもなく、静かに椅子から腰を上げた。

「散歩に行く」

俺は我が耳を疑う。散歩だって？　普段から必要がない限りは——必要があったって出歩くことを渋るまどかが、よりにもよって散歩？　しかも、散歩に適しているとはとても言えない残暑のヨ中に？　あり得ない。

「康介も、どうせ暇なら一緒に来る？」

まどかは更にそんな珍しい誘いまでかけてくる。いや、これに関しては珍しいともいえないか。単に俺を足として使いたいだけかもしれないし。

「暇ではねーけどさ」そこのところはきっちりと主張してから、俺は答えた。

「一緒に行くよ」

2

俺の背中に乗っかって——案の定、俺は足として使われた——まどかが向かったのは、砲銘街だった。

やはりただの散歩ではなかった。というか、人におんぶをしてもらっている時点ですでに「散歩」とは呼べないだろうが。

リオンを追いかけて初めてこの地域に足を踏み入れたのは先週のことだ。何度訪れても、お世辞にも心地いいとはいえない場所である。

ビルとビルの間にぽっかりと存在するその狭い空間は、空き地と呼ぶには視覚的に少々ゴチャゴチャしすぎていた。

大量の粗大ゴミやガラクタが、その土地の大部分を占めている。どうやらここは不法投棄の現場となっているようだが、ここまでくるともはや立派なゴミ置き場だ。

今朝、田仁川茂紀の死体が発見されたという現場。入り口には立ち入り禁止のテープが張られ、制服を着た警官が見張りに立っている。一見したところ、空き地内には他の警官の姿はなさそうだ。現場の捜査はすでに一段落して、聞き込みなどでそれぞれ動いているのだろう。

俺の背中から下りたまどかが自身の名前と身分を伝えると、見張りの警官は「お疲れさまです」と敬礼して、すんなりとテープの内側にまどかを通した。

藤樫刑事はあんなにもまどかをライバル視していたが、基本的にまどかと警察は日頃から協力関係にある。ついでに俺も助手のふりをしてテープを潜《くぐ》ったが、特に何も言われず、名前を訊かれもしなかった。こんなのでいいのか？　あまりにもあっさりと通れてしまい、かえって不安になる。

「事件について、君の知っている範囲でいいから教えてくれない？」

警官のほうを振り返り、まどかが尋ねた。現状でまどかは捜査の依頼は受けておらず、ただ勝手に首を突っ込んでいるだけだと思うのだが、素直な警官はやはり素直に事件の説明をしてくれる。実は俺、民間人なんだけど。大丈夫なのかな？　他人事《ひとごと》ながらとても心配になる。

田仁川茂紀の死体が発見されたのは、今朝の五時頃のこと。発見者は犬の散歩で通りかかった近所の住人らしい。犬が何かに反応したように空き地の中へ入っていき、それを追いかけて死体発見に至ったようだ。

死体はうつ伏せに倒れ、頭部から血を流していた。加えて背中には包丁が突き立っていたという。

「解剖の結果がまだ出ていないので詳しいところはわかりませんが、犯行時刻は昨晩遅くと見られています」

最後にびしっと敬礼をして警官が説明を終えると、まどかは礼を言って空き地の奥へと歩を進めた。俺も後に続く。

死体が倒れていたという場所は、積み上げられた粗大ゴミの陰になり、前の道からは死角となっている。空き地内に足を踏み入れなければ死体は目に入らなかったはずで、犬が反応しなかったら発見はもう少し遅くなっていたに違いない。

死体や凶器はすでに警察によって回収されていたが、地面には生々しい血の痕がしっかりと残されていた。

「うわ、ヤバ……」顔をしかめ、俺は小さく呟く。

「この様子だと、殺害現場もここと考えてよさそうだね」

一方のまどかは顔色ひとつ変えず、生々しい血痕《けっこん》を瞳に映している。いつもの眠そうな様子はどこへやら、鋭い目で周囲の状況を探り始めるその顔は、すっかり名探偵のそれになっていた。

どうしていきなりやる気を出したのだろう。今朝は、この事件の捜査の依頼が入ると嫌だからといって、うちの店に逃げてきたはずなのに。

まさか、お前らの手を借りなくても大丈夫、みたいに藤樫刑事に言われて、対抗心を燃やしたのだろうか。

「おい、お前ら！」

と、まさにその当人の大声が響いてきて、俺は反射的に身をすくめる。

積み上がった粗大ゴミの陰からそっと窺うと、藤樫刑事が太い眉をつり上げ、肩を怒らせてこちらへ歩いてくるところだった。

「なんでこんなとこにいやがるんだ」

俺たちに向かって怒鳴りながら、藤樫刑事は入り口のほうを振り返り、「お前も、なんで部外者をあっさり中に入れるんだよ」と見張りの警官にも怒声を飛ばす。「部外者って……いや、でも、ええっ？」と、素直な警官は理解が追いつかない様子でうろたえている。

「別に。ちょっと散歩に来ただけ」

しれっと応えたまどかに、藤樫刑事のよく日に焼けた額に青筋が浮かんだ。

「ふざけんじゃねえよ。散歩で殺人現場に入り込むやつがどこにいるってんだ」

「ここに」

「舐《な》めてんのか、クソガキ」

「舐めるって、万年主任の刑事さんを？　そんなことするわけないだろ。汚いな」

藤樫刑事の額からは、ピキピキと音が聞こえてきそうだ。そのうちブチブチという音に変わるかもしれない。ほどほどにしといてやれよ、まどかチャン。

半ば呆れて眺めていた俺の目の端にふと、きらりと光るものが映った。

顔を向けると、血痕がある地面の近くに、銀色に輝く小さなものが落ちている。

そばには空き缶や鉄の棒、何かのパーツらしき金属片など、細々したガラクタやゴミが散乱しているので、警察もそれを単なるゴミと判断したのかもしれない。

でも、あれは——

依然としてバチバチやっている二人の様子を横目に窺いながら——厳密には藤樫刑事が一人で勝手に火花を飛ばして、まどかは受け流しているだけだったが——俺はゆっくりと足を動かし、落ちている銀色の物体に近づいていく。そっと腰を屈めて拾い上げ、手の中に握りしめた。その拳ごとジーンズのポケットに突っ込もうとしたとき、

「おい、康介」

藤樫刑事の太い声が飛んできた。「お前今、何拾った？」

さすが、ベテラン刑事は目ざとい。見てないようでいて、しっかりとこちらの様子も目に入っていたようだ。

「え？　いや、別に何も」

「嘘つくんじゃねえよ。なんか拾ってポケットに入れようとしただろうが」

素早く手袋をはめ、「見せろ」と藤樫刑事は肉厚の大きな手のひらを俺に突き出してくる。俺はしぶしぶ、右手に握っていたものを相手の手の上に落とした。

日差しを受けて銀色に輝くそれは、アルファベットのRが装飾的にデザインされた、シンプルながらも洒落《しゃれ》た印象のネクタイピンだ。

「なんだこれ」藤樫刑事はしげしげとネクタイピンを眺める。「ガイシャのもんじゃなさそうだな。やっこさん、ネクタイなんかしてなかったし」

なんでこんなもの拾ったんだ、と問いたげに藤樫刑事は俺を見てくる。

「なんか、ちょっとイイなーって思って」

「だからって、事件現場にあるものを勝手に持っていこうとすんじゃねえよ」

「すいません」と素直に謝った俺の脇から、

「それ、マスターのネクタイピンだね」

まどかの声が投げかけられた。「なんだって？」と、藤樫刑事の眉間にみるみる深い皺が刻まれる。

「児玉さんのネクタイピンって、おい恵美、それは確かか？」

「何年か前の誕生日に常連客からプレゼントされたって、マスターから聞いたことがある。《ライム》の看板を模《も》してつくった特注品なんだって。マスターも気に入ってるみたいで、着けているのは何度も見たことがあるよ」

「康介、お前もそれを知ってて拾ったんだな？」

「……すいません」再び謝る俺に、藤樫刑事は深々とため息を落としてから、

「今さっき、《日次堂》へも聞き込みに行ってきたんだがな。あそこの親父はもともと《ライム》の常連で、康介が店番に立つ前までは、それこそ毎日のように通ってたらしい」

と、話し始めた。《日次堂》は、藤樫刑事の息子・郁也の一件のときに訪れた、なんとも胡散臭くて線香臭いリサイクルショップだ。

「彼とは、僕もよく顔を合わせてたよ」とまどか。

「みたいだな。あの親父は、田仁川のことも一度か二度、《ライム》で見かけたことがあったそうだ。児玉さんにおかしな絡み方をしてて、あんまりいい印象はなかったみてえだが」

「へえ。おかしな絡み方って?」まどかは尋ねる。

「二十年前がどうこう言って、くだを巻くようにねちねちと児玉さんをなじったりしてたらしい。あんまりしつこいんで、最終的に児玉さんは金を握らせてどうにか帰したとか。あいつは一体なんなんだと親父が訊いたら、昔の知り合いで月に一度くらいのペースでやってくるんだと児玉さんは答えたそうだ」

「マスターは二十年前、田仁川茂紀になじられるようなことを何かしたわけ?」

「さあな。俺も当時はまだ下っ端だったから、詳しいことはよく知らねえ。田仁川の性格を考えると、ただの言いがかりってのも充分あり得るが……。一応、調べてみる必要はあるだろうな。ここでこいつも見つかったことだし」

ネクタイピンを手の中で転がすと、藤樫刑事はそれをハンカチに包んでポケットにしまった。そして、「児玉さんと連絡はとれるか？」と俺に訊いてくる。

「……藤樫刑事は、じーちゃんのことを疑ってるんすか？　田仁川サンとの間になんかトラブルがあったんじゃないかって？　二十年も昔のことで？」

俺が問い返すと、藤樫刑事は苦々しい顔で小さく舌打ちしてから、「そういうわけじゃねえよ」と答える。

「今回の事件には関係ないってことを確認するためにも、児玉さんからは詳しく話を聞いておく必要があるんだ」

わかるだろ？　と諭《さと》され、俺は少しの沈黙を間に挟んだ後に口を開いた。

「……秘境っぽいとこに行くから、連絡がとれなくなることがあるかもしれないって、前もってじーちゃんからは言われてて。何度か連絡してみたけど、こっちからは通じなかったっす」

「でも、明日帰ってくる予定なんだろ。だったらもう秘境にいるってことはねえよな。ひとまず児玉さんの連絡先を教えといてくれ」

俺は仕方なく電話番号を教えた。ここで俺が断ったとしても、どうせどこかで調べるのだろうから同じことだ。

「そんな不安そうなツラするんじゃねえよ」

うつむいている俺の背中を、藤樫刑事がバシンと叩く。そしてそのまま、「ほらほら」と俺とまどかの背中を押し出した。

「部外者は立ち入り禁止だ。名探偵殿も、今回は仕事はねえんだからとっとと帰れ」

俺たちは追い出されるように、事件現場を出た。

その後はどこへ行くという意識もないまま、気づけば俺の足は自然と《ライム》への帰路をたどっていた。

「康介」と背中に声を投げられて振り返ると、数歩後ろでまどかは足を止め、静かな視線を俺に向けていた。

人を見るとき、こちらの目をまっすぐに貫《つらぬ》いてくるのは、まどかの癖なのだろうか。瞳を通して、心の奥深くまで見つめてくるかのように。真実を見抜く、名探偵の瞳だ。

「なんだよ」俺の胸には、不安とも苛立ちともつかないものが込み上げてくる。

「お腹すいた」

「……は？」

てっきりじーちゃんのこととか事件のことかなんかを口にすると思ったのに。俺は大いに拍子抜けする。

「鹹豆漿《シェンドウジャン》が食べたい」

「なんだよ、しぇんどうじゃんって」

「え。康介知らないの？」

「知らねーよ」

「じゃあ、食べに行こう。もうすぐお昼だし」

まどかはいそいそと俺の背中に乗っかろうとする。もはや俺を足として使うことに、なんの疑問もためらいもないようだ。

いやいや、おかしい。なんかいろいろとおかしいだろ。

でも、ひょっとするとまどかは、俺を気遣ってくれているのかもしれない。あのネクタイピンが見つかったことで、俺が落ち込んでいると思って。おいしいものを食わせて、励ましてやろうと考えているのかもしれなかった。

「ほら、康介。早く歩いてよ」

立ち止まったままの俺を、背中の上からまどかがせかす。

……いやまあ、単に自分がシェンなんとかを食べたいだけなのかもしれないけれど。

3

二十年前の事件について、康介の前ではどうしても口にできなかったことがある。

それはあの連続殺人事件の捜査の顚末《てんまつ》。田仁川と児玉さんのコンビが、被疑者を逮捕した後のことだ。

逮捕されたのは篠村《しのむら》稔《みのる》という、当時五十七歳の男だった。

篠村は警備員として働いていて、五件目――最後の事件の現場となった公園の警備を担当していた。他の四件の現場もその公園から近い場所にあり、篠村は五件の事件すべてにアリバイがなかった。

本人は事件の関与を否定し、五人の被害者のいずれとも面識はないと主張していたようだが、目撃者の証言と、篠村の職場のロッカーから被害者の持ち物が見つかったことが決め手となり、逮捕に至った。

逮捕後も否認を続ける篠村の取り調べは、田仁川と児玉さんのコンビが引き続き担当した。ところが取り調べの最中、篠村は脳卒中で倒れ、搬送先の病院でそのまま息を引き取ったのだ。

これにより、事件は被疑者死亡の書類送検という形で幕を閉じた。

けれどもそれからしばらくして、別件で逮捕された人物が先の連続殺人事件の真犯人であったことが判明し、篠村稔は無実だったことが明らかとなった。

その責任を感じ、児玉さんは辞表を提出して警察を去った。田仁川は郊外の警察署へ異動となり、数年後にやはり定年を待たずに退官したと風の噂で聞いていた。

それが、俺が知るあの事件のすべて。今回の田仁川殺しについてはやはり、二十年前の件が関係しているのかもしれない。

当時の資料に改めて目を通してみたが、俺が知る以上の目ぼしい情報は特に見つからなかった。ただ、篠村稔が取り調べ中に倒れて命を落としたのは、二十年前の今日――九月五日の夜だったというのが引っかかる。

いずれにしても、二十年も経った今になってなぜ、という疑問は拭えないけれど。

田仁川が児玉さんをなじっていた理由については、今もって見当がつかない。誤認逮捕の原因が児玉さんの判断にあったというならともかく、当時の捜査はまず間違いなく一課の刑事であった田仁川が主導でおこなっていたはずだ。児玉さんが何か意見したとして、あの田仁川が耳を傾けたとも思えなかった。

逆に言えば、児玉さんが田仁川を恨む理由はあるわけだ。

児玉さんが田仁川を殺したなんて、俺だってできれば考えたくはない。そんなことあるはずがないと、康介と同じように主張したい。

けど何十年も刑事をやってきて、「そんなことするはずがない」と周囲から言われるような人物が犯罪に手を染めるケースを、俺は何度も目にしてきている。私情に振り回されて判断することの愚かさと危険性も、充分に承知している。

「……ったく」胸の奥から深々と吐き出した息が、ネオンの彩りに溶ける。

この街の夜は、どこまでも派手派手しくて、目にうるさい。

八柳署に配属されたばかりの頃、いろんなものがごちゃ混ぜになったこの街が、なんともいかがわしくて、ただただ汚らしく思えたものだった。

けれど今は、それがこの街の懐《ふところ》の深さなのだと知っている。様々な絵の具を無秩序に塗りたくったようなこの街においては、どんな色でもまじり合い、浮き立つことがない。

多国籍街と呼ばれるにふさわしく、この街はあらゆるものを許容する。もっとも、その懐の深さであらゆる人間を受け入れるゆえに、犯罪もまた多く起こるのではあるが。

児玉さんがこの街に自らの城を築いたのも、過去のあやまちという、決して拭えない自身の『色』を持て余したからなのかもしれなかった。

そんなことをつらつら考えながら歩き、《ライム》がある路地に入ろうとすると、「藤樫刑事」と名を呼ばれた。

目をやると、路地の脇にある雑居ビルの前に、恵美まどかがぽつりと立っていた。

「何してやがるんだ。こんな時間に、こんなとこで」

時刻は午後九時を少し過ぎたところだった。恵美は一人きりで、そばに仲間の姿はない。仕事だったわけではなさそうだ。

「《ライム》へ行くんだろ。何か手がかり、見つかったの?」

俺の問いかけには答えないまま、恵美は別の問いを投げてきた。布団みたいな上着の裾を夜の空気にふわりと浮かせて、こちらへ近づいてくる。

「ガイシャの解剖の結果は出たぜ。死亡推定時刻は昨夜——九月四日の午後十時から十二時の間だ」

背中の刺し傷は心臓にまで達していて、それが死の直接の原因となったようだ。だが、頭部の傷も致命傷に近いものではあったらしい。

田仁川の頭部を殴りつけたのは、現場に捨てられていた植木鉢。大ぶりで、それなりに重量もある代物だ。犯人はその植木鉢で背後から田仁川の頭を殴りつけた後、倒れた相手の背中に包丁を突き刺してとどめを刺した。遺体に刺さったままだった包丁は真新しいもので、犯人が持参したと見られている。

凶器から犯人の指紋は検出されなかった。恐らく手袋をはめていたのだろう。

説明しながらしかし、こんな情報はすでに恵美も得ているだろうなと俺は思った。二十年前の篠村稔の誤認逮捕の件についても、すでに自分で調べて把握ずみのはずだ。

「康介に教えてもらった番号に電話をしてみたんだが、児玉さんには連絡がつかなかった。で、自宅アパートを訪ねてみたんだがな」

たぶん、これはまだ恵美もつかんでいない情報だろう。

「児玉さんはやっぱり留守だった。それで大家に頼んで部屋の中を調べさせてもらったら、ゴミ箱の中から包丁の空き箱が見つかったよ。田仁川の背中に突き刺さっていたのと同じ種類の包丁の空き箱だ」

「意外だな」俺の話を聞いて、恵美はそんな感想を漏らした。

「包丁の空き箱が見つかったことか？　それとも、この段階で児玉さんのアパートまで調べたことか？」

「君がそこまで素直に僕に教えてくれることだよ」

手がかりは見つかったのかと訊いてきたのはお前のほうだろうが、と返してやりたいところだったが、らしくないことをしているのは誰より俺が自覚している。

「今回だけは特別だ。お前にとっちゃ、他人事じゃねえんだろ。お前はあの店の常連で、児玉さんともそれなりに親しくしてたんだろうし。だから依頼を受けたわけでもねえのに、こうやって勝手に首を突っ込んで動いてる。仲間も連れずに、一人で」

いつも憎たらしいほどに澄ました恵美の顔が、今夜に限ってどことなく強張って見えるのは、気のせいではないはずだ。

「まあ、お前が気がかりなのは児玉さんじゃなく、康介のほうかもしれねえけどな」

どちらにせよ、恵美がこうして自主的に動くことは大変珍しい。普段の恵美はとにかく働きたがらず、いざ依頼を受けても足を使っての捜査は仲間任せ。自身は事務所で寝転びながらリモートで指示を出してるような、究極の怠け者なのだから。

「藤樫刑事も案外、お人好《ひとよ》しなところがあるんだね」

恵美はくすりと小さく笑ってみせてから、「じゃあ僕もお礼に」と続けた。

「こっちで調べてみたけど、児玉文治が出国した記録は見つからなかったよ。少なくともこの数ヵ月の間、マスターは日本から出ていない」

「……帰国どころか、そもそも児玉さんは海外になんて行ってなかったってことか」

特別なコーヒー豆を仕入れに南米へ行くというのは、児玉さんの嘘だったのだ。その嘘がバレるのを防ぐため、秘境っぽいところへ行くので連絡がとれなくなるかもしれない、などと前もって康介に告げていたのだろう。

ならばこの一ヵ月ほどの間、児玉さんはどこで何をしていたのか。今はどこにいて、何をしているのか――

「こんなところでゆっくり話している暇もなかったね。早く《ライム》へ行こう」

恵美は言い、路地に入っていく。「ああ」と俺も応えて足を動かした。

証拠がひとつずつ着実に積み上がっていく。なのに、《ライム》へ向かう俺の足はひどく重い。

真実を伝えたら、康介は大きなショックを受けるだろう。俺にじーちゃんの話をせがんできたときの、あいつのきらきらした目が忘れられない。

人から大切なものを取り上げる真似はしたくない。けど、そうしなきゃならないときもある。そいつは、別の誰かの大切なものを取り上げたかもしれないのだから。

刑事ってのは因果《いんが》な商売だと、つくづく思う。


《ライム》の明かりは消えていた。

看板や門灯だけでなく、ドアについたすりガラスの向こうも暗かった。中の明かりも消えているようだ。康介はこの店で寝泊まりしているということだから、建物の中はまだ明かりがついていてもよさそうなものなのに。

ドアの脇についたインターホンを鳴らしてみても、応答はなかった。

「留守か……」俺は息をついてから、恵美のほうに顔を向け、

「お前、昼間のあの後、康介とはすぐに別れたのか？」

「お昼ご飯を食べに行って、その後に別れたよ。疲れたから、店に戻って今日はもう休むって康介は言ってたけど」

やはりネクタイピンのことがショックだったのだろう。ひょっとすると、その不安を持て余してどこかへ飲みにでも行ったのかもしれない。

「康介の電話番号を知ってるか？」

俺は恵美に尋ねた。店の電話番号はわかるからと思い、俺は康介個人の番号は聞いていなかった。しかし恵美は、俺の問いを無視してしつこくインターホンを鳴らし続けて

いる。

「おい、恵美」

「藤樫刑事はドアを叩いて」

「はあ？」

康介が居留守を使っているとでもいうのか？　だが、バックヤードのほうにいるとインターホンの音が聞こえづらいというのはあるかもしれないし、すでに寝ていて気づかない可能性もある。

とりあえず言われたままドアを叩いてみたが、やはり人が出てくる気配はなかった。

「やっぱり、留守なんじゃねえか」

けれど恵美はインターホンを鳴らす手を止めようとせずに、

「ドアを叩き続けて。もっと力いっぱい」

「力いっぱい叩いて壊れたらどうすんだよ。大体、近所にも迷惑だろうが」

「壊れたら壊れたでいいよ。そうしたら中に入れる」

こいつ、本気で言ってんのかよ。半ば呆れつつドアを叩き続けていると、間もなくしてすりガラスの向こうが明るくなった。

どうやら留守ではなかったようだ。ドアが薄く開いて、隙間からやや不機嫌そうな康介の顔が覗く。

「……めちゃくちゃうるさいんですけど」

「あー、悪いな。ちょっと話したいことがあって来たんだが。中、入ってもいいか？」

「俺、今夜はもう休んでたんです。なんか体調、あんまり良くなくって」

実際、康介の顔色はあまり良くなかった。児玉さんのことで、本当に体調を崩して寝ていたのかもしれない。だとすれば更なるダメージを与えることになるが、かといって引き下がるわけにもいかなかった。

「児玉さんの行方を捜してんだよ。お前に教えてもらった番号に電話してみたんだが、やっぱり繫がらねえし。自宅に戻ってもいない。それに――」

少し迷ってから、俺は恵美から聞いたばかりの事実を口にする。「そもそも児玉さんはここ数ヵ月、日本から出てもいねえらしい」

「…………」

康介の表情は変わらない。開いたドアの隙間から、俺たちをじっと見つめている。けれどそれは見ているというより、ただ目に映しているだけといったふうだ。

やっぱ、ショックだよな。その反応の薄さがかえって受けた衝撃の深刻さを物語っているようで、俺の胸にも苦い痛みが広がっていく。

「……俺は、何も知りません」

ややあって、康介は口を開いた。その声は少しかすれ、どこか虚《うつ》ろだった。

「じーちゃん、明日帰ってくるって言ってたし。それまで待つんじゃ、だめなんすか？」

自主的に帰ってくるというのは当然、後始末をすべて終えてからだ。その前に、一刻も早く見つけ出す必要がある。大事な証拠が処分されてしまう前に。

こんなふうに児玉さんを疑わなきゃならないなんて、俺としても心苦しいし腹立たしいけれど。

「悪いけど、だめなんだよ。話を聞かせてもらって、店の中もちょいと調べさせてもらいたい。そんなに時間はかけねえつもりだから、協力してくれないか」

「すいませんけど、ほんとに俺、今夜は体調が良くなくて」

「康介は、心配じゃないの？」

ここまで黙っていた恵美が、横から急に言葉を投げ込んできた。「君の大事なじーちゃんが、行方不明だっていうのに」

「それは――」

答えかけた康介を押しのけて、恵美は強引に店の中へ足を踏み入れた。「おい、ちょっと」と康介の制止も無視して、ずんずんと店の奥へ歩を進める。

恵美に続く形で、俺も中へ入っていく。店内には俺ら三人以外には誰の姿もなく、昼間訪ねたときと一見して変化はないように思われた。

「ちょっと、待てってって！」

カウンター脇にあるドアのほうへ恵美が向かっているのに気づき、康介が素早くその前に立ち塞《ふさ》がった。バックヤードに続いていると思しきドアだった。

「マジで勘弁しろよ、まどかチャン」

「体調が悪いなら、康介はその辺りで休んでいてくれて構わないよ。僕はすぐに帰る。このドアの向こうに、マスターがいなければの話だけどね」

「なっ……」

恵美のその言葉に目を丸くしたのは、康介だけでなく、俺もまた同様だった。

このドアの向こうに、児玉さんがいるだって？

俺がここへ来たのは、児玉さんの行方を知る手がかりを得るためだ。そのために改めて康介から話を聞き、店内を調べてみるつもりだった。だが恵美は、ここに児玉さん本人がいると踏んでやってきたらしい。

そんな馬鹿な、と思ったが、ふと目を向けた康介の顔は色を失っている。どうやら、あながち的外れってわけでもなさそうだ。

「その中、調べさせてもらうぜ」

ドアの前で踏ん張る康介の身体を、今度は俺が押しのける。「恵美が言う通り、具合が悪いならお前はその辺で遠慮なく休んでろ」

開いたドアの先は、地下へ続く階段になっていた。さっきまで康介がいたのだろう、明かりはついたままになっている。俺が階段を下りていくと、その後ろに恵美も続く気配があった。

地下は、階上の店と同じくらいの広さの部屋になっていた。手前には段ボール箱や木箱が積んであり、その間を抜けるように進んでいくと、唐突に視界にそれが飛び込んできた。

「児玉さん！」

部屋の右手にあるドアに背をつける格好でもたれ、床に座り込んでいる高齢の男性。もう何年も会っていなかったが、児玉さんだとすぐにわかった。

俺の身体は弾かれるように動いた。児玉さんの様子は、明らかに普通ではなかった。うつむいて床に座り込む児玉さんの首には、ネクタイが巻きついている。

そして、その先は――

児玉さんが背にしているドアの、ノブに吊《つ》るされていたのだった。

4

俺は慌てて児玉さんのもとへ飛んでいき、吊るされているネクタイを外した。

「おい、児玉さん。しっかりしろ！」

ネクタイから解放された児玉さんの身体は、力なく床に崩れた。呼びかけても反応はなく、ぐったりとしている。俺は祈るような気持ちで呼吸と脈を確かめる。

「…………」

どちらにも反応があった。安堵から、思わずその場にへたり込みそうになる。

発見が早かったのと、吊るしたネクタイの結び方が不完全だったため、幸いにも首は絞まらずにすんだようだ。児玉さんの身体のそばには、薬のシートが落ちていた。どうやら睡眠薬を飲んだらしい。意識がないのは、その効果によるものだろう。

「ったく。おどかしやがって」

額にじっとりと嫌な汗が浮いていた。拭った手がかすかに震え、心臓も早鐘を打っている。きっと血圧も上昇していることだろう。まったく、こっちまでぶっ倒れたらどうしてくれるんだ。

「じーちゃん、なんでこんなこと……」

わななく声に顔を向けると、積み上げられた木箱の脇に、呆然と立ち尽くす康介の姿があった。

「お前、ここに児玉さんがいることは知ってたんだろ」

「でも……藤樫刑事たちが訪ねてきて、俺が上へ様子を見に行ったときには、じーちゃんは普通だったんすよ。こんなことする気配なんか、全然なかったのに……」

　康介がいなくなった隙をついて実行したということか。ネクタイの結び方が不完全だったのは、焦ったためかもしれない。結果としてそれが幸いしたわけだが。

「康介。お前、いつから児玉さんと連絡がとれてた？」

「……最初からっす」うつむき加減に、ぼそりと康介は答えた。

「じーちゃんが南米へ出かけた後も、連絡は普通にとれてました」

　秘境がうんぬんというのは、康介の嘘だったようだ。しかし南米へ行ったということ自体が、そもそも児玉さんの嘘だった。そういう意味では、康介も騙されていたのだ。

「藤樫刑事はじーちゃんのことを疑ってるみたいだったから。俺、じーちゃんにそれを伝えたんです。そしたらじーちゃんも、実はもう日本にいるって言ったから。警察に見つからないようこっそり戻ってきてもらって……」

　ここにかくまうことにしたってわけだ。「馬鹿野郎！」と俺は怒鳴った。

「へたに隠れたりかくまったりすれば、児玉さんだけじゃなくお前の立場だって悪くなるんだぞ！」

　大体、一時的にかくまったところで問題が解決するわけではない。まして場所が《ライム》なら見つかるのは時間の問題で、そうなった場合に余計に面倒なことになるだけだ。

「……すいません」

うつむいたまま、小さな声で謝罪する康介。俺は大きく息をつき、感情を鎮めるために改めて周囲に視線を巡らせた。

この地下室は、倉庫兼居住スペースとなっているようだ。奥の一角にはベッドやローテーブル、ソファなどの家具が置かれていて、さほど広くはないものの生活するには充分な空間となっている。康介もここで寝泊まりをしているのだろう。

児玉さんがネクタイを吊るしたドアの向こうは、ユニットバスになっているようだ。と、ローテーブルのそばに立っている恵美が、何かを眺めていることに気づく。

「何を見てるんだ」

近づいて尋ねると、「これ」と恵美は、一枚の便箋《びんせん》を俺に差し出してきた。

「その手袋の横に添えてあった」

恵美が示した先を見ると、ローテーブルの上には確かに手袋が置かれている。俺は軽く目を見張った。その表面には、血痕らしきものが付着していたからだ。

奪うようにして恵美の手から便箋を受け取り、素早く目を走らせる。几帳面《きちょうめん》そうな手書きの文字は、俺の記憶にある児玉さんの筆跡と同じだった。

便箋には、田仁川茂紀を殺した事実と、そこに至る動機が綴《つづ》られていた。

二十年前の篠村稔の誤認逮捕の一件はやはり、児玉さんの心に深い傷と暗い影を落としていたようだ。児玉さんにとってそれは、忘れられない——忘れてはならない罪の記憶だった。自分たちの誤った判断によって、一人の人間とその家族を不幸にしてしまったのだから。その責任は、何年経とうと決して忘れてはならないと。

だが、田仁川はそうではなかった。

警察を去るとき、児玉さんは当時の自分たちの捜査について、すべてを上司に打ち明けたらしい。そこには田仁川の強引な捜査のやり口も含まれていたため、それによって田仁川は郊外の警察署へ飛ばされることになった。

そのことで田仁川は児玉さんを恨んでいたという。田仁川にとって二十年前の件は、『自分の経歴を潰された』という、身勝手な恨みの記憶でしかなかったのだ。

いつからか《ライム》に姿を現すようになった田仁川は、そのたび児玉さんに対してそうした身勝手な恨みをぶつけた。黙らせるために金を渡せば、味をしめて以降の態度はますますひどくなる。児玉さんにとって、田仁川は過去の悪夢だった。

その悪夢から逃れるために、児玉さんは田仁川の殺害を決意した。

まとまった金をやるから、もう解放してほしい。そう言ってあの空き地に田仁川を呼び出し、落ちていた植木鉢で頭を殴りつけた後、倒れた相手の背中に包丁を突き刺してとどめを刺した——犯行についても細かく書かれ、それは遺体や現場の状況とも一致していた。

文章の最後は、申し訳ないという謝罪の言葉と、児玉さんの署名で結ばれていた。それは児玉さんの罪の告白であり、遺書でもあった。

「……馬鹿なことしやがって」

便箋を手にしたまま、俺は奥歯を強く嚙みしめる。

悔しくてならなかった。なんでこんなことになる前に相談してくれなかったんだ。同じ街に俺がいたっていうのに。

俺はそんなに頼りにならなかったか？　あんたにとっちゃ、二十年経った今でも俺はひよっこの刑事のままだったのかよ？

いや、と俺はすぐに否定する。かつての後輩に迷惑はかけない。それが、児玉さんという人だ。

真面目で、誠実で。誰に対しても思いやりの心で接して。そんな、刑事にはあまり向いていない人だった。だからこそこんな形でしか悪夢を終わらせられず、もはや死ぬことでしかその罪は償えないなんて、一人で思い詰めちまったんだろう。

児玉さんを死なせずにすんだことが、何より幸いだった。今はそう考えるしかない。

「とりあえず、救急車を呼ぶか。一応児玉さんを診てもらったほうがいいしな。康介には、一緒に署まで来てもらう必要があるが」

「……はい」康介は素直に頷く。

「ひとまずはこれで一件落着ってことで。お前も文句はねえよな？」

いまだテーブルのそばに突っ立っている恵美に確認すると、「いや」と恵美は首を振り、

「まだ、答え合わせは終わっていない」

そう言って、冷徹に光る目を康介のほうに向けた。

「そうだろう、康介？」

5

「え？」と康介は驚いた様子で恵美を見た。

「君の話が事実だとしたら、この状況は不自然なんだよ」

「不自然ってどういうことだ、恵美」

この期《ご》に及んで何を言い出すのか。俺もまた理解できずに戸惑う。

「康介はさっきこう言った。僕たちが訪ねてきて、上へ様子を見に行ったときには、じーちゃんは普通だった。こんなことをする気配なんか全然なかったって」

「康介の目を盗んで、児玉さんは首を吊ろうとしたってことだろ」

それで焦ってくれたから、児玉さんは命を落とさずにすんだ。

「僕たちが上でやりとりをしていたのは、せいぜい十分程度のものだ。康介の言う通りなら、マスターはその短時間で手袋と便箋をテーブルに置いて、ドアノブで首を吊ろうとしたことになる。便箋に関しては、あらかじめ書いたものを用意しておけばいいかもしれないけど、問題はあれだ」

恵美は、床に落ちている薬のシートを示した。

「あの種類の薬は、飲んで効果が出るまでにおよそ三十分はかかる。にもかかわらず、見ての通りマスターは完全に寝入ってしまっている。そもそもマスターの立場になって考えてみれば、地下室を出ていった康介がいつ戻ってくるかはわからない。かなり慌ただしい状態だったはずだ。そんな中で自殺を図るとして、わざわざ睡眠薬なんて飲もうとするか、かなり疑問だと思うけど」

言われてみれば確かに、そんな余裕はないかもしれない。

「でも実際、児玉さんは睡眠薬を飲んで寝入っちまってるじゃねえか」

「だからまだ準備の段階だったんだよ。マスターが『自殺』するのは、本来なら十時過ぎになるはずだった」

妙にきっぱりと恵美は断言する。

「十時過ぎって、その妙に具体的な時間はどっから出てきたんだ」

「康介の腕時計だよ。日付は五日、時刻は十時過ぎを指して止まっている。壊れたまま身に着けているということは、康介にとってその状態――つまりその日にちと時間は、重要かつ大切なものなんだろう。今回の事件の動機は、その日時と深く関わっている。五日という日にちを合わせたのなら当然、時刻のほうも合わせるだろうからね」

意識してか、あるいは無意識なのか、康介の手が左手首の時計を撫でる。

じーちゃんにもらったと話していた、アナログの腕時計だ。修理してくれるところを教えてやろうかと俺が言ったら、このままでも不自由ではないからと康介は断った。あのときは単に、修理に金がかかるからだと思っていたが。

五日の十時過ぎ。今日は九月五日だ。そして、あと二十分ほどで午後十時になる。

「けど……アナログ時計だったら、午前の十時って可能性もあるだろ」

デジタル時計とは違い、アナログでは一見して午前か午後かまではわからない。

「たぶん午後だろうと僕は思ったけど。確かにその可能性もゼロじゃない」

俺の言葉に恵美は頷いて、

「だから僕は今朝、十時になる前――開店時間の午前九時にこの店を訪ねた。入り口には『CLOSED』の札がかかってたけど、気にせず十時を過ぎるまでずっと店に居座ってたよ。康介は迷惑そうだったけどね」

康介は唇を噛んだが、言葉を返すことはしなかった。さっきから、康介は何も言わない。その静けさが、俺の目にはだんだん不気味に映り始める。

「結果として、君はやっぱり夜に動いた」

対する恵美は淡々と語る。いつにも増して感情のこもらない声で。さして面白くもない物語を読み聞かせるように。

「事前にマスターを薬で眠らせておいて、そろそろ準備に取り掛かろうとしていた君は、僕たちが来てさぞ焦ったことだろう。居留守を使おうとしたけど、僕たちはしつこくて、まったく帰る気配がない。このままだと短気で乱暴な刑事さんがドアを壊して入ってくるかもしれない。この中途半端な状態で見つかればすべてが台無しだ。まだ十時までには時間があるけれど、仕方なく君は実行を決め、僕たちを相手に一芝居打つことにした。だけど慌てたせいでネクタイがきちんと結べておらず、マスターの首が絞まるには至らなかった。幸いなことにね」

何が短気で乱暴な刑事さんだ。壊してもいいから力いっぱい叩けとか言ったのはお前だろうが。まったく、と舌打ちしかけ、俺ははたと気づく。

ということはあの時点ですでに恵美は、この事態まで予測していたわけか。恵美は康介を心配していたのではなく、疑っていたのだ。感心しながら、俺は背筋にうすら寒いものも同時に覚える。

いつからだ？　一体、いつから恵美は康介を疑っていた？

「君は今、大きな失敗をしたと考えているかもしれない。でも、今回よりももっと以前に、君はすでに重大なミスを犯している」

　康介の眉がぴくりと動いた。それはなんだと、挑むような目が問うている。恵美は今度はテーブルに置かれた便箋を指差して、

「あそこには、田仁川茂紀を殺害した手順が細かく書かれている。状況と一致しているから、実際その通りのやり方で犯人は田仁川を殺したんだろう。でもそれは、マスターには無理なやり方だ」

「無理って、どうしてだよ？」尋ねた俺に、恵美は顔に呆れを滲ませた。なんで君までわからないんだよ、というふうに。

「田仁川茂紀は、背中を刺される前に後頭部を殴られている。使われたのは、現場に落ちていた植木鉢だ。大ぶりで重量もあるあの植木鉢を使って人の頭を殴ろうとしたら、両手で掲げ持つ必要があるだろ」

「ああ、そうか」

　ようやく俺も気がついた。なんで今まで気づかなかったのか。自分の頭のポンコツさに嫌気が差す。俺はよく知っていたはずなのに。

　刑事時代に負った怪我が原因で、児玉さんの右腕は肩より上に上がらない、ということを。

「右腕が、上がらない……？」

俺がそれを口にすると、康介はいぶかしげに眉根を寄せた。

「康介はやっぱり知らなかったんだね。君はよく、この店の棚の位置が低すぎるってぼやいていたけど。あれは右腕が上がらないマスターが使いやすい位置に調整してあるんだよ。本棚の上の段に本が入れられていない理由も同じ。普段のマスターは片腕の不自由さを感じさせることなく動いているから、一見しただけではわからないだろうけどね」

「ちょっと待てよ」恵美の指摘は、俺には到底納得がいかなかった。

「そりゃおかしいだろ。なんで孫の康介が児玉さんの腕の状態を知らねえんだよ」

ましてや、あんなにじーちゃんを慕《した》っている康介なのに。児玉さんが右肩に銃弾を受けて後遺症を負うことになったのは、それこそもう二十年以上も昔だ。付き合いが浅いというならともかく、身内が知らないなんてことがあるはずがなかった。

それだけではない。恵美の言葉が正しいなら、康介は児玉さんを自殺に見せかけて殺そうとしたことになる。大好きなじーちゃんを、自分の手で殺そうとしたことになるのだ。

「藤樫刑事の言う通り、孫の康介がマスターの腕の状態を知らないのはおかしい。だから当然、疑惑が生じる。康介は、本当にマスターの孫なのかってね」

「孫じゃ……ねえってのかよ」

根本的な部分が崩されて、思考以上に感情がついていかない。信じたくない、というのが本音だった。

「そもそもマスターが康介に店を任せたという時点で、僕には違和感があった。いくら孫が可愛いからといって、コーヒーに関してまったくの素人で、かつあそこまで淹れるのがヘタな人間に店を任せるなんて。そんな無責任なことをマスターがするとは思えなかったから」

確かに俺も康介のコーヒーを飲んだとき、よく児玉さんはこいつに店を任せたもんだと思った。可愛い孫相手には児玉さんも判断力がポンコツになっちまうのかと。

「でも、この店に通い続けて康介の様子を見ているうちに、それもまた嘘なんじゃないかという疑惑を抱くようになったんだけどね」

「それもまた嘘って、どういう意味だ」

うっかりすると感情だけじゃなく、思考もまた追いつかなくなっていく。

「コーヒーに関して素人かつ無知であるはずの康介が、当然のようにコピ・ルアクの産地を口にしたり、カフェラテとカフェオレの日本での区別を説明してみせたり。決定的だったのは、リオンのために君が淹れたカフェオレだ。まぐれの奇跡、なんて言ってごまかしていたけれど。君は本来、あれだけのものを提供できる知識と腕を持っているんだと確信したよ」

恵美の言葉は俺ではなく、康介に向いていた。リオンがどうのというのはよくわからなかったが、恵美の言わんとすることはわかる。わかることによって、俺の頭はますます混乱していく。

「それって、康介がわざと素人のふりしてまずいコーヒーを淹れてたってことかよ。なんのために？」

「僕もその答えをずっと探してた。マスターの孫を騙《かた》って店に立つ理由はなんなのか。わざと客にまずいコーヒーを提供し続けるのはなぜなのか。そこにマスター自身の意思が介入しているのかどうかもわからなかったしね。でも今回の事件が起きて、ようやくすべてを理解した」

しかし、理解できたことを誇る様子は恵美にはない。わずかに伏せた瞳に浮かぶのは、悔恨を含んだ淡い憂いのような色だった。

「君はこの店に立って、田仁川茂紀が訪れるのを待っていたんだ」

そう言って、恵美は自らのこめかみに手を添える。瞳から憂いの色は消え去り、赤い不思議な光を帯びていく。

「今日の昼間、藤樫刑事がこの店で事件について話した後、僕は田仁川がこの店を訪れたときの記憶に潜ってみた。あのときの康介の表情や仕草《しぐさ》は、改めて見てみると少し不自然だった。怒って店を出ていった田仁川を追いかけるとき、君はクッキーの袋を持っていったよね。レジの横にあるものではなく、カウンターの下から取り出して。拡大してみたら、袋に小さなカードがついていた。君の手が邪魔で内容まではよく読み取れなかったけど、筆跡はそこの遺書と似ていたから、マスターに書かせたんだろう。田仁川が店に現れたら渡すため、君はあらかじめそれを用意していたんだ。後で彼と待ち合わせて、殺害するために」

康介は黙って恵美を見つめている。否定しろよ、と俺は怒鳴りたくなる。信じたくないという気持ちが、なおも俺の中には存在していた。恵美の言うことは間違っていると、呆れながらでも怒りながらでもいいから否定してほしかった。

「でも康介の真の目的は、田仁川の殺害そのものじゃない。その罪を着せてマスターを殺すことだった。あのネクタイピンを見たとき、僕はそう確信した。だからマスターの居場所を突き止めるため、僕は今日、康介と別れた後に君の動きをずっと見張っていたんだ」

「……見張ってた？」康介はかすかに眉を動かす。

「そう。康介がまっすぐこの店に戻った後は、路地の脇の雑居ビルの空き室に張り込んでいた。あそこからは、ちょうどこの店の入り口が見えるからね。ここには裏口はないから、入り口さえ見張っておけば人の出入りは確認できる」

だからさっき、恵美は雑居ビルの前に立っていたのか。あえて康介を泳がせ、あのビルの中からずっと恵美は《ライム》の様子を窺っていたのだ。

「康介は必ず今日中にマスターと合流して、目的を果たすはずだと思った。君にとって特別な九月五日だ。それに合わせて田仁川も殺害したんだろうから。でも、いつまで経っても康介は店から出てこなかったし、マスターらしき人物がやってくる気配もなかった」

にもかかわらず児玉さんが店内にいたということは、恵美の監視の目を偶然にもくぐり抜けたということだろうか。

「今夜、康介が動かないはずがない。なのに十時が近づいてきても人の出入りはないまま、《ライム》は静まり返っている。そこで思い出したんだ。この店には地下室があったことを」

もっと早くに思い出すべきだったけどね、と恵美は自身を叱責するように言い添える。それに気づいて慌てて外へ出たところ、《ライム》へ向かおうとする俺と出くわした、ということだったらしい。

「いやでも、地下室があったからなんなんだよ。お前に気づかれず出入りできないことには変わりねえだろ」

それとも、この地下室には外へ繋がる秘密の通路でもあると言いたいのだろうか。

「出入りなんてする必要はなかったんだよ。マスターは初めから、ずっとここにいたんだ」

「ずっとここにいたって、まさか……」俺の脳裏に、とてつもなく嫌な想像が浮かんだ。

「この地下室は、人を閉じ込めておくには好都合だ。生活に必要なものは最低限そろっているし、多少の物音がしても上には聞こえない。普通に営業している店の下で、まさかその店のマスターが監禁されているなんて、誰も夢にも思わないだろう。そういう意味でも盲点だった」

——？

このひと月ばかりの間、児玉さんは康介によって、この地下室に監禁されていた
その事実は、俺を心底ぞっとさせた。ということは前に郁也の件で俺がこの店を訪れたとき、その足元にはすでに児玉さんが監禁されていたことになる。

「……嘘だろ」

あまりにも大胆すぎる犯行だ。しかもそんな状態で康介は、じーちゃんの刑事時代の話を聞かせろとか、無邪気に俺にせがんできていたのだ。

さすがに冗談だと思いたかった。だが康介は唇の端に苦笑を浮かべ、「すげえなあ」と感心の言葉を口にする。

「けど、それって全部、お前の勝手な憶測と勘違い。そう言っちまえばそれまでだよ

な。証拠なんてねーし。あってもせいぜい状況証拠ってヤツだ。それで俺を犯人だなんて、決めつけることができんのかよ」

「確かに僕の憶測も多分にある。現時点ではね。でも、この憶測をもとにきちんと捜査をすれば、証拠は必ず出てくるよ」

たとえば科学捜査を用いてあの血痕つきの手袋を調べれば、使用した犯人の汗なり皮膚なりが内側から検出されるはずだ。田仁川を殺したのが康介であり、偽装のために児玉さんの自宅のゴミ箱に包丁の空き箱を捨てたというのなら、現場となった空き地や児玉さんのアパート付近の防犯カメラを徹底的にチェックすれば、どこかに康介の姿が写っている可能性は高い。

俺の思考をなぞるように、恵美がそれらを言葉にしていく。「何よりも」と鋭い光を湛えた瞳をまっすぐに康介に向けて、恵美は最後に言い添えた。

「康介だってわかっているだろう？　マスターの意識が戻れば、君の嘘はすべて明らかになる」

「…………」

静かにぶつかる恵美と康介の視線。沈黙が積み重なる中、俺は息を詰めて状況を見守る。

「あー、クソ」

やがて、吐き捨てるように康介が言った。

「やっぱ、名探偵ってやつはムカつくわ」

6

言葉のわりに、康介からはあまり悔しさは感じられなかった。

勝手な憶測がどうのと恵美に言いながらも、児玉さんを殺せなかった時点ですでに覚悟は決めていたのかもしれない。

「康介……お前は田仁川を殺し、その罪を着せて児玉さんまで殺そうとしたのか？」

俺の問いに康介は答えなかったが、否定しない沈黙は肯定を意味していた。

「なんでそんなことしやがったんだ。お前が口にしてたじーちゃんの話は、全部嘘だったのかよ？」

「嘘じゃねーよ」と、康介はこの質問にははっきりと答えた。

「ただ、俺のじーちゃんは児玉じゃなく、篠村稔だってだけだ」

「篠村稔の、孫……？」

田仁川と児玉さんが二十年前に誤認逮捕をして、取り調べ中に脳卒中で命を落とした篠村稔。その家族構成まではしかし、俺は認識していなかった。だが当時の篠村の五十七という年齢を考えれば、孫がいてもおかしくはない。

「俺の親父は、俺がまだ赤ん坊の頃に病気で死んじまったらしくてな。だからお袋は俺と兄貴を連れて実家に戻って、じーちゃんと一緒に暮らしてたんだ」

でも、と康介は、いまだ床に倒れたままでいる児玉さんに憎々しげな視線を向ける。

救急車を呼ぶか、せめてベッドかソファに寝かせてやりたい。そう思いながらもできずにいるのは、現状で児玉さんの一番近くに立っているのが康介だからだ。いつの間に近づいていたのか、気づけばそういう立ち位置になっていた。

「こいつらのせいで、じーちゃんは殺人犯の汚名を着せられて死んだんだ」

この位置関係はうまくない。恵美もわかっているだろうが、同様に動けずにいるようだ。互いの動きをけん制し合う空気が、俺たちと康介との間にはひそやかに流れていた。

「……お前が篠村の孫だっていうなら、田仁川や児玉さんを恨む気持ちはわからなくもねえよ。けど、なんで今なんだ?」

場の空気と互いの距離に気を配りながら、相手を刺激しないよう俺は問う。「二十年も経った今になって、なんでその恨みを晴らそうと思ったんだ?」

「恨みを晴らそうなんて、思っちゃいなかったさ」

ふっと康介の口元に、自嘲を含んだ複雑な笑みが浮かぶ。

「そりゃ、じーちゃんを犯人扱いしたやつらのことは許せなかったけど。誰かを憎んだり、恨んだりすることにエネルギーを使ったらだめだって、兄貴から散々言われてたからな。それじゃ、自分が不幸になるだけだって」

康介の兄は、なかなかに冷静で賢い人物であるようだ。その兄はなぜ今回、康介を止めなかったのか。あるいは止められなかったのか。

「それに実際のとこ、俺はあの事件の前後のことはあんまよく覚えちゃいないんだ。ショックがでかかったせいもあってか、記憶が曖昧でぼんやりしてる。けど……そのときに飲んだカフェオレの味だけは、今もしっかり覚えてる」

「子どもの頃、すごく落ち込んでいたときに『じーちゃん』に淹れてもらったというカフェオレだね。それが、康介が初めて飲んだコーヒーの味だった」

脳裏に映した記憶をなぞるように、恵美が口にする。「ああ」と康介は頷いた。

俺も前にこの店で聞いた。めちゃくちゃうまくて、あれ以上にうまいカフェオレはいまだに飲んだことがないと、康介は絶賛していた。児玉さんが淹れたものなんだと、俺は当然のように思っていたが。実際には篠村稔だったのか。

一旦は納得してから、ん？　と俺は内心首を傾げる。それはなんか、ちょっとおかしくねえか？

「この時計は、じーちゃんと一緒に戻ってきた」

左手首の壊れた腕時計を、康介は慈しむようにそっと撫でた。「じーちゃんと一緒に」というのは、篠村の遺体と一緒にという意味だろう。

「そのときにはもう、針は止まって動かなくなってた。じーちゃんと同じように。だから俺は、それがじーちゃんの命が止まった時間なんだと思った。本当のところはどうか知らないけどな」

持ち主が死を迎えた瞬間に針が止まるなんて、そんなドラマチックなことが起こったかどうかは俺も知らないが、篠村稔が死んだのが九月五日の夜だったのは確かであり、康介にとって重要なのは、大切なじーちゃんの時計がその日時を示し続けているという事実だったのだろう。

「兄貴の言う通り、前向きに生きていこうって俺は決めてたんだ。じーちゃんが淹れてくれたカフェオレの味と、この時計――じーちゃんの思い出を大切にしながら。じーちゃんみたいなうまいコーヒーが淹れられるようになりたくて、世界一のバリスタを目指してた。こいつが、俺の働いている店に来るまではな」

憎しみを帯びた康介の視線が、再び児玉さんに向けられる。俺はひそかに身構えたが、幸い康介の動きは視線だけにとどまった。

ここへ来る前は居酒屋で働いていたと康介は偽っていたようだが、実際に働いていたのは、洒落た横文字のイタリアンカフェだったらしい。

「じーちゃんのこと、ずっと申し訳なく思ってたってこいつは言った。遺族に改めて詫びたいと、ずっと考えてたってさ」

　児玉さんならそうだろう。あの便箋にも書かれていた通り、自分たちのせいで篠村本人のみならずその家族まで不幸にしてしまったと、大きな責任と罪悪感を抱き続けていたのだろうから。けれど康介が児玉さんに向ける目は、強い憎悪と嫌悪に満ちている。

「三年前に兄貴が死んだのをどっかで耳にして、ついでにお袋もすでに死んでることを知って。一人残された俺のことが気になって捜したとかなんとか言ってたけどさ。自分で勝手に思い出して、勝手に気になって、そんで勝手に罪悪感に駆られて。その罪悪感を解消するために、俺に許されたくて会いに来たってだけだろ」

　康介の物言いは辛辣《しんらつ》だ。兄貴もお袋さんも、すでに死んじまっているのか。そんな事情を知ってしまったら、児玉さんでなくとも気になるところだ。

「児玉が喫茶店をやってるって聞いたときは、一応ちょっと興味を引かれたよ。だから児玉の誘いを受けて《ライム》に行ってみた。閉店後なら、ゆっくり話すこともできるからって言われてさ。そこで児玉が淹れたカフェオレを飲んで……俺は気づいちまったんだ。自分の間抜けすぎる勘違いに」

「マスターが淹れたカフェオレは、君の大切な思い出のカフェオレと同じ味だったんだね」

まどかがそっと、差し入れるように言葉を挟む。やはりそうか、と俺は思った。

さっき、康介の話を聞いたときに覚えた違和感。大好きなじーちゃんを失い、ショックで落ち込んでいた康介にカフェオレを淹れたのは、普通に考えて篠村ではあり得ない。篠村が死ぬ前、誤認逮捕されたときのことだとしても、その身柄は警察にあったはずなのだから、康介にカフェオレを淹れることなどできるはずがなかった。

「俺があのときの味を覚えてるって知って、児玉は嬉しそうだったよ。じーちゃんが逮捕されて、残された俺ら家族のことが気になって。あのとき児玉はうちを訪ねてきてたらしい。で、俺たちがひどく落ち込んでるのを見て、少しでもなぐさめになればってコーヒーを淹れてくれたんだとさ。うちのお袋もコーヒーが好きだったからな。俺や兄貴はまだガキだったから、ミルクをたっぷり入れてカフェオレにしてくれた」

その記憶が、ショックで混乱していた幼《おさな》い康介の頭の中でおかしな具合に書き換えられてしまったのだろう。児玉さんと篠村稔が同年代だったことも、恐らく原因のひとつだ。

おいしいカフェオレを淹れて自分をなぐさめてくれたのは、大好きな祖父を逮捕した憎い刑事ではなく、大好きな祖父本人だった——そう認識を変えることで、あるいは康介は自らの心に救いを与えたのかもしれない。

だとすれば、皮肉にも同じ児玉さんのカフェオレがそれを暴いてしまったことになる。

「じーちゃんとの思い出の味だから、大切にしたいと思ったんだ。世界一のバリスタってものも、じーちゃんが俺に与えてくれたものだって。そう思うからこそ、お袋や兄貴がいなくなっても、一人で頑張ってこれたんだ。ふっと誰かを恨みたくなったときも、自分の夢のことを考えて。そうやって、俺なりに前を向いて生きてきたんだよ」

康介はきつく唇を噛む。血が滲みそうなほどきつく。唇を噛んで、拳を握りしめる。

「なのに、俺にそれを与えてくれたのは本当はじーちゃんじゃなく、じーちゃんを逮捕した児玉だった。しかも、児玉は俺に言ったんだ。『君が望むなら、この店を君に譲ってても構わない』って」

それもまた、児玉さんなら言いそうなことだった。康介が自分のカフェオレの味を覚えていてくれたことが嬉しくて。世界一のバリスタという康介の夢を応援したくて。善意と好意から出た言葉だったに違いない。

「児玉のコーヒーがうまいことは俺も認める。《ライム》がいい店だってのも、見ればわかる。児玉が自分のプライドをもって大事に守ってきた店だっていうのは、俺にだってよくわかるんだ。なのに……それを俺に譲るとか、こいつは簡単に言いやがった」

「それだけ、お前に償いたいと思ってたってことじゃねえのか」

児玉さんの代わりに俺が弁明すると、はっと康介はせせら笑った。

「もし本気で償いたいと思ってたんなら、なんで二十年もほったらかしにしておくんだよ。俺だけじゃなく、お袋や兄貴に対してだってもっとできることはあっただろ。結局こいつは、自分が許されたかっただけ。罪悪感から解放されてすっきりしたかっただけだ。そのためなら大事な自分の城だってあっさり手放す。そういうやつなんだよ！」

「それは……」俺は早々に弁明の言葉を失う。

「それから、康介はどうしたの？」

恵美が問うた。落ち着いた恵美の口調と眼差しは、康介にも幾分か冷静さを取り戻させたようだ。

「……気づいたら、児玉を殴ってたよ。で、そのままこの部屋に閉じ込めた。じーちゃんを逮捕したもう一人の刑事――田仁川ってやつもこの店にたまに来るって、児玉が話したから。けど、住んでるとこも連絡先も知らないっつーからさ。そいつが来るまで、店番しながら待ってやろうと思ったんだ」

「その間、マスターを地下室に監禁している事実を知られるわけにはいかない。だから君はわざとあんなひどいコーヒーを淹れて、常連客をなるべく店から遠ざけようとした」

「誰かさんは、それでもしつこく通ってきたけどな」

自嘲まじりの苦笑を浮かべながら、康介は小さく肩をすくめてみせる。

「単純に、店の評判を落としてやりたいってのもあったよ。この店の評判がどんなに悪くなったところで、田仁川のやつは構わず来ると思ったし。あいつの目的は児玉相手にストレス発散して、ついでに金をせびることだったらしいから。けど、待ってるとなかなか来ないもんだよな。この一ヵ月、そりゃあ長く感じた。わけのわかんねえ客も来るしさ」

その「わけのわかんねえ客」の中にはきっと、郁也や俺も入っているのだろう。

「……殺されるほどの、罪だったのかよ」

俺の言葉に、康介の目元がぴくりと動く。相手を刺激したらいけないのはわかっているが、同じ刑事としてどうしても言わずにはいられなかった。

「誤認逮捕ってのは、俺ら警察の大きなあやまちだ。絶対に繰り返しちゃいけないし、そのためにも篠村稔の一件は決して忘れちゃならないことだ。けど、お前のじーちゃんは病気で亡くなった。田仁川にも児玉さんにも、どうにもできなかった。間違いは確かにあったし、それを引き起こしたやり方に多少の問題もあったかもしれねえ。田仁川のほうは、性格に難もあったかもしれねえよ。けど二人は、刑事としての仕事をしただけだ。死んで償わなきゃならない罪があったとは、俺には思えねえ」

「無能な警察は黙ってろよ」

康介は言い放った。ナイフのように鋭く、凄みのある低い声で。

「田仁川を殺した後、わざわざ現場に児玉のネクタイピンを置いといてやってもスルーするような間抜けのくせに。おかげでこっちは余計な芝居をする羽目になっちまった。まあ、二十年経っても警察の間抜けっぷりは変わってないってことが、よーくわかったけどな」

……クソガキが。俺は心の内で吐き捨てる。警察を侮辱されることは我慢ならないが、ネクタイピンをスルーしたのも、康介の芝居にまんまと騙されたのも事実ではある。

「その調子じゃ、どうせ知らねえんだろ。田仁川が証拠をでっちあげてじーちゃんを逮捕したってことも」

「証拠をでっちあげた、だと?」

「田仁川は、連続殺人事件の犯人がじーちゃんだと確信してた。自分の刑事の勘ってやつと、思い込みの激しいはた迷惑な目撃者の証言を信じて。けど、決め手になる証拠が出なかったから、あいつはそれをでっちあげた。じーちゃんの職場のロッカーに被害者の持ち物をこっそり仕込んで。逮捕さえしちまえば、後は取り調べで吐かせられるって、田仁川は絶対の自信を持ってたんだ」

「……なんでお前が、そんなことまで知ってるんだよ」

「ここに閉じ込めてる間、児玉に全部吐かせたんだよ。逮捕した後、田仁川はじーちゃんを厳しく問いつめた。休憩もろくにとらせず取り調べを続けた。頭が痛いってじーちゃんが訴えても、仮病だって決めつけて取り合わなかった。その結果があれだ」

取り調べ中に篠村稔は倒れ、搬送先の病院で息を引き取った。

事実ならば大問題だった。しかしそんなことは公にされていない。当時の資料にも書かれていない。

隠ぺいされたのだろう。誤認逮捕した相手が取り調べ中に病死したというだけでも、当時すでに世間から大きな非難を浴びていた。そんな内情が表に出れば、警察組織が受けるダメージは計り知れない。公になどとてもできなかったというのが真相だろう。

「ほんと、警察ってやつもろくでもねえよな」

康介が話した事実に、俺は少なからずショックを受けていた。だから相手の動きに気づくのが少し遅れた。恵美はすぐさま反応したが、俺よりも康介との距離が離れていたことと、何よりも予想外に素早い相手の動きによって、康介が児玉さんのもとへ行くのを許してしまった。

「じーちゃんが死んだのは、田仁川の野郎のせいだ。けど、そのやり方をすぐ近くで見ていながら止めなかったこいつも同罪だよな。しかも、二十年も経っていまさら償いただのなんだのって。ふざけてんのかって話だろ」

康介の左手が児玉さんの髪を乱暴につかみ、うなだれた顔を上げさせる。

最悪だ。警戒していながら、こんな展開を許してしまうとは。無能と言われても、これじゃ言い訳が立たない。

「だから田仁川を殺した罪を着せて、こいつには『自殺』してもらうつもりだった。じーちゃんが死んだその時間に、じーちゃんにしたことを償って死ぬんだ。人に罪を着せて死なせたやつにはふさわしい最期だろ。なのに失敗しちまった。邪魔くさくてどこまでも鬱陶《うっとう》しい名探偵なんかのせいで」

康介の右腕が素早く動く。隠し持っていたナイフを取り出すと、康介は児玉さんの喉元にその鋭い切っ先をぴたりと当てた。

「やめろ、康介！」俺は必死に頭を巡らす。康介を止められる言葉を探す。

「お前、楽しそうにやってたじゃねえか。この店で、恵美と馬鹿みたいなやりとりをしたりして。それなりに楽しそうにやってたじゃねえか。あれが全部、ただの演技だったわけじゃねえだろ。お前は、本当は――」

「あんた、そんなおめでたい頭してるからろくに出世もできねーんだよ」

心底呆れたように一蹴《いっしゅう》され、俺は続けるべき言葉を失う。

「なあ、刑事さん。凶悪事件の犯人として一度でも逮捕された人間の家族が、その後どんな状態で生活してるか、考えたことあるか？　見ず知らずの他人から誹謗中傷や嫌がらせを受けて、その土地に住んでいられなくなって。まだ幼い子ども二人を抱えて、ろくな仕事につけず、頼れる親族もいなかったお袋が、流れ着いた場所がどんなところだったか……想像できるか？」

俺は答えられなかった。想像できなかったからじゃない。想像できてしまったからだ。

「最低の町だったよ。汚くて、貧しくて、日々犯罪が絶えない。お袋はそんな町で俺と兄貴を育てた。ケンカの仕方も、刃物の扱い方も、俺は生きるために学んだ。そういう意味じゃ、この町の砲銘街はちょっと懐かしかったな」

ふっと小さな笑みを浮かべた後、ナイフを握った康介の手に力がこもるのがわかった。

「想像できてたら、二十年も経ってのこのこと俺の前に姿を見せることなんか、できるはずねえんだ」

「やめ――」

「愚かなことはやめろよ、康介」

凜《りん》とした恵美の声だった。張りつめた空気の糸を指先で弾くような、思わず動きを止めて耳を傾けずにはいられないような、はっとする不思議な響きがその声にはあった。

「愚かでもなんでも、こいつを始末しなきゃ俺の復讐は終わらねえんだよ」

「彼を殺すことが君の復讐になるとは、僕には思えないけど」

恵美の言葉に、怪訝そうに眉をひそめる康介。

「いいんです」と、別のところから声がした。

児玉さんだった。意識を取り戻したらしい。さっき、康介に乱暴に髪をつかまれたことが刺激となったのかもしれない。

「康介君の言う通りですから」

喉元に突きつけられたナイフを恐れるふうもなく、ややかすれた声で児玉さんは言う。まだ完全に薬が抜けたわけではないようだ。ともすれば切れ切れになる意識をどうにか繋ぎ止めて、児玉さんは俺たちに訴える。

「私は、彼に償いたくて……彼のためを考えて動いたつもりでした。でも実際は、自分の中の罪悪感を取り除きたくて、彼に許されたくて動いていただけだった……。そして彼に指摘されるまで、そんなことにさえ私は気づいていませんでした」

変わってないな、と思う。髪はずいぶん白くなって、顔にも深い皺が刻まれたけれど。穏やかに話す声も、その誠実な言動も。俺の知る、児玉文治刑事そのままだ。

だからこそ、俺の内側にはなんとも苦くてやるせないものが広がる。

「誰よりも残酷で、罪深いのは私でした。ですから、殺されて当然なのです。康介君には、その権利がある」

この様子だと、ここに監禁されても児玉さんは抵抗することなく、従順に康介に従っていたのだろう。田仁川を呼び出すカードや遺書も、命じられるまま素直に書いたのだろう。

「ほら」と、恵美は康介に視線と言葉を投げた。

「こんな相手を殺して康介は満足？　本当に復讐になるの？」

その瞳にまっすぐ康介を映して、心底つまらなそうに恵美は言う。それは心底つまらないことなのだと、康介に教えるように。

「………」

康介は黙ってそんな恵美を見つめていた。ナイフの切っ先は児玉さんの喉に突きつけたまま。ぞっとするほど冥《くら》い目で、恵美を見つめていた。

呼吸するのもはばかられるほど、張りつめた沈黙が地下室を支配する。

そして——

「……くそっ」

忌々しげに吐き捨てて、康介はナイフを持った腕を下げた。児玉さんの身体を乱暴に突き飛ばすと、右手にナイフを持ったまま、康介はゆっくりと俺のほうへ近づいてくる。

一瞬、こっちにターゲットを定めたのかと思い、俺は身構えようとした。だが康介は、持っていたナイフを無造作に床に放って、両手を俺に差し出してくる。

逮捕しろ、ということらしい。

俺はジャケットの懐から手錠を取り出した。それを康介の手にかけようとしたとき、

「待ってください、藤樫君！」

児玉さんの声が飛んできた。ふらつく身体をなんとか支え、必死で俺に訴えてくる。

「すべての原因は私にあるんです。彼が起こしたことの責任と罪も、この私にある。康介君がこんなことをしたのは私のせいです。ですから、逮捕するなら彼ではなく私にしてください」

その場に膝をつき、「お願いします」と児玉さんは懇願《こんがん》する。そのまま床に両手をついて、額までこすりつけそうな勢いだ。

「児玉さん……」

「それはできないよ」

きっぱりと告げたのは、恵美だった。

「康介の罪は康介自身のものだ。それは誰かが肩代わりできるものではないし、していいものでもない。そしていかなる理由があろうとも、犯した罪は必ず裁かれなくてはならない」

容赦のない、けれども極めて正当な恵美の言葉だった。しかし、恵美の言葉はそこで終わらない。ひどく冷たい眼差しを児玉さんに向けて、

「ねえ、君はどこまで『善人』でいるつもり？　その態度が康介をここまで追い詰めたということに、いい加減気づけよ」

ぞくりとするほど冷ややかで尖った言葉を突きつけた。

それは康介に突きつけられた刃よりも鋭く、児玉さんの胸をえぐったようだ。児玉さんははっとした顔で、深く恥じ入るようにうなだれた。

児玉さんは、ただ誠実なだけだった。けれど、その誠実さが康介の怒りに火をつけた。恨みや復讐心といったものを、康介の中から引きずり出してしまった。

児玉さんにとって田仁川が過去の悪夢だったように、康介にとっては児玉さんもまた、過去の悪夢だったのだ。

もし本当に康介のためを思うなら、おとなしく康介に恨まれたままでいるべきだった。大切なじーちゃんを奪い、彼ら家族を不幸の底に叩き落とした、憎き刑事でいるべきだった。

ときに人は悪意などなく、むしろ善意そのものの姿《かお》をして、深く激しく人を傷つける。

俺もまた、身をもって知った。誠実というものが持つ、残酷な裏の顔を。

「……ははっ」

不意に、乾いた笑いが響いた。

康介だった。「ははは っ」と愉快そうに笑うその声が、俺には泣き声のように聞こえた。

もっと早くに気づいてやれたらよかった。先月、この店を訪れたときに。康介からじーちゃんの話をねだられて、へたにはぐらかさず誤認逮捕のことも話していたら、何かが違っていただろうか。実は俺のじーちゃんは篠村稔なのだと、康介は気まぐれに打ち明けてくれなかっただろうか。あるいはトイレのドアと間違えてうっかり地下室に入り込んだりして、監禁された児玉さんを見つけていたら——

いまさら、そんなことをいくら考えたって無意味だった。起こってしまった現実は変えられない。それでも、俺はどうしても考えずにはいられなかった。考えながら、康介の手に手錠をかけた。

「なあ、まどか」

自分の手首にはまった手錠を、康介はどこか満足そうに眺めながら、

「お前の事務所、確か《スワロウテイル》とかいう名前だったよな」

恵美は「それが何」と言いたげな目で康介を見る。

「俺の兄貴はさ、《スパロウチャープ》って事務所で探偵の助手をやってたんだ」

唐突な告白だった。けれど恵美は表情を変えることなく、「ああ」と静かに応える。

「仲間の一人の殉職がきっかけで、三年前に解散した事務所だね。存在は知ってるよ。

詳しい事情までは知らないけれど」

「兄貴は、同じ事務所の探偵に殺された」

康介は更に衝撃的な告白を重ねた。

「自分の手足みたいに使える、便利な子分。名探偵どもにとっちゃ、助手なんてのはしょせんそんなもんなんだよな。お人好しってのは、いつだってそうでない人間に利用され、踏みにじられ、何かの犠牲になって死んでいくんだ」

ふと一瞬、遠い目をした康介の瞳に映ったのは、仲間の探偵に殺されたという兄の姿なのか。それとも、俺たち警察に奪われた祖父の姿だったのか。

「決めつけるなよ」

恵美が言った。同情や、哀《あわ》れみといったものはそこにはなかった。

「僕は君の兄のように、誰かを憎んだり恨んだりすることにエネルギーを使っちゃいけないとは言わないし、そうも思わない。だから兄を死なせた探偵を君が恨んでいるというなら、好きにすればいい。でも、たったひとつの出来事のみですべてを理解した気になるなよ」

康介の間近まで歩み寄ると、恵美はいきなり胸倉をつかんだ。そうして相手の身体を引き寄せ、冷たく静かな怒りを湛えた目で康介を見据える。

「僕にとって、誠一と健三は子分なんかじゃなく、大切な仲間だ。もしも二人が殺されたとしたら、僕は殺した相手を絶対に許さない。どんなに遠くへ逃げたとしても。どこまでも追いかけて見つけ出し、必ず殺してやる。何回でも、何十回でも」

康介は驚いたように目をしばたたく。それからふっと目元をやわらげ、「こわ」と呟いた。

「お前んとこの助手も、なんかアブなそうなやつだなって思ったけど。お前はそれ以上にアブないやつじゃねーか」

苦笑する康介の瞳から、冥い色は消えている。「苦しいって」と胸倉をつかむ恵美の手から身をよじって逃れる康介は、もとの康介らしさを取り戻したように見えた。

だからこそ、その両手を縛る無骨な金属が、俺の目には痛々しく映る。

「お前を初めて見たとき、名探偵っていうわりにはぼーっとしてるし、やる気はないし。こいつならチョロそうだって思ったんだよな。うまく手懐《てなず》けて信用させて、せいぜい利用させてもらおうってさ」

どこか吹っ切ったような顔で、康介は恵美に向き直る。

「けど実際には、俺の存在に最初っから目をつけて疑ってたんだよな。児玉から聞いたけど、お前はこの店の常連ではあるけど、そこまで頻繁に通ってたわけではなかったって。あんな毎日のように来てたのは、俺を怪しんでたからだろ。自分が来れないときは仲間に電話させせて、様子を探るような真似までして。俺の尻尾をつかもうとしてた」

俺の負けだよ、と康介はおどけたように肩をすくめてみせた。

「記憶の天才・恵美まどか様には敵《かな》わなかった」

「そうでもない」

ややぶっきらぼうに恵美は応える。

「最初から目をつけて疑っていたのに、僕は君の犯行を止められなかった」

「止めただろ。おかげで俺は、一番大事な標的を仕留められなかった」

康介は児玉さんを一瞥してから、再び恵美に視線を戻して、言った。

「それに名探偵ってのは事件を防ぐんじゃなく、解決するのが仕事だろーが」

7

その後、俺は警察の応援を呼び、ほどなくして《ライム》にはパトカーと救急車が到着した。

再び意識を失っていた児玉さんは病院へ運ばれ、康介もまたやってきた警官に従い、素直に連行されていく。

店の出入り口のドアが開き、シャラリと涼しいベルの音が響いたとき、

「康介」

恵美の声が、康介の背に投げかけられた。康介が足を止め、振り返る。

「どうして君は、リオンにあんなカフェオレを出したの？　僕に怪しまれていることを知りながら」

「まあ確かに、お前に疑われるかなーとは思ったけど。仕方ねえだろ。あの場はやっぱり、さ」

「かつての自分と重なったから、か」

長いまつ毛を伏せるようにして、恵美は小さな呟きを落とす。次に目を上げたとき、恵美の顔には珍しく淡い微笑みが浮かんでいた。ほんのわずか、さびしげな色も含んで。

「あのカフェオレは、とてもおいしかったよ。マスターが淹れたものよりも、ずっと」

「とーぜんだろ」

八重歯を覗かせて、康介もニカッと笑う。

「あれは世界一のバリスタを目指してた康介様の、本気の一杯だったんだからな」

俺もそいつを飲んでみたかったもんだ。あのクソまずいコーヒーの味も、なかなかに忘れがたいものがあったが。

手錠で拘束された手をぎこちなく動かして、康介は恵美の頭にぽんと手を置く。

「いつまでもこんなとこにいないで、お前も早く帰れよ。大事な仲間たちのところへさ」

ぐしゃぐしゃと頭を撫でられて、不快そうに眉をひそめる恵美。康介はいま一度、いたずらっぽく笑ってみせてから、

「じゃーな、まどかチャン」

ひらりと手を振って、開かれたドアの向こうへ去っていった。

「……その呼び方、やめろって言ってるのに」

康介が去った後の閉じたドアを、恵美はしばらく見つめたままでいた。

俺はやっぱり、演技だったとは思えねえんだよな。

どこか取り残されたようにも見える恵美の背中を眺めながら、俺は思う。

恵美と康介が互いに何かを疑ったり、演じたりしていたのだとしても。この店で俺が目にした屈託がなくて楽しそうな二人のやりとりが、すべて偽りのものだったなんて。そんなふうにはどうしても思えない。

少なくとも、この怠け者が仕事でもないのにこれだけ積極的に動いたのは事実であり、極めて異例なことだ。そして今、恵美が嚙みしめているのは、事件を解決できた達成感や喜びなどではなく、後悔や苛立ちといったものであるに違いなかった。

恵美まどかにとって、事件の捜査は謎解きゲームにすぎない。こいつに対するそんな評価を、俺も今後はちょっと改める必要がありそうだ。

「お前は、充分うまくやったと思うぜ。だからそう落ち込むんじゃねぇよ」

俺は恵美の背中をバンと叩く。悔しい気持ちは俺も同じだ。けど、事件を未然に防ぐというのは、もとより警察にも探偵にも難しい。康介も言っていた通り、俺らの仕事は起こった事件を解決することなのだから。

「別に、落ち込んでなんかいないけど」

せっかく励ましてやろうとしたのに。恵美は、そんな気遣いが心底気持ち悪いという目で俺を見てくる。

「そういえば藤樫刑事は、『お前なんぞの手を借りなくても、今回のヤマは俺らだけで充分解決できる』とか言ってた気がするけど。結局はほとんど僕が解決することになったよね？」

「あ？」

「僕がいなかったら君は康介の居留守を信じて、店の前でいつまでもぼけーっと待ってたんじゃないの？」

う、と俺は言葉に詰まる。さすがにぼけーっと待ってはいなかっただろうが、無理やり店の中に入ろうともしなかっただろう。そうなったら康介は目的を遂行し、翌朝、俺らはあの地下室で児玉さんが自殺した姿を見る羽目になっていたかもしれない。

「藤樫刑事が土下座して頼むなら、今回は君のお手柄ってことにしておいてあげてもいいけど?」

不敵に笑ってみせる恵美。俺のこめかみで、ぷちんと何かが切れる音がした。

「誰がするか、馬鹿野郎!」

前言撤回。評価を改める必要などまったくなかった。こいつはいついかなるときも、小生意気で、憎ったらしくて、忌々しいクソガキでしかない。

やっぱり俺は、名探偵なんて大嫌いだ。

エピローグ

九月十六日。《スワロウテイル》の事務所のど真ん中に鎮座《ちんざ》するベッドの中で、恵美は今日も怠惰な一日を過ごしている。

ついこの間まではしょっちゅう留守にしていたことを考えると、こうやっておとなしく事務所にいてくれるだけマシなのかもしれない。

「探偵が事務所におってくれないと、そもそも話にならんもんな。オレら記録者《レコーダー》だけで勝手に依頼を受けるわけにもいかんし」

窓際に置いた鉢植えの手入れをしながら、オレは一人呟く。「なあ?」と鉢植えに同意を求めるが、「そうだね、誠一君」なんて言葉はもちろん返ってこない。

とはいえ戻ってきてしばらくは、恵美は今度は事務所に引きこもる日が続いた。入ってきた依頼も断り、一日のほとんどをベッドで過ごす。一見するといつもの怠け癖を盛大に発揮しているだけのように思えたが、ふと気づくと眠るでもなく、どこかぼんやりとしていることが多かった。

いい加減、活を入れる必要があると考え始めた頃、八柳署の藤樫刑事が事務所を訪ねてきた。

普段はオレらにはいつも不機嫌顔しか見せない藤樫刑事なのだが、このときは珍しくわりと穏やかな表情で、恵美にいろいろ報告をしていた。

最近はよく《ライム》へ行って児玉さんと話すようになったとか、その《ライム》に恵美を訪ねて高校生の少女がやってきて、「眠り姫探偵」なる小説の構想を聞かせてもらったとか。また別の日には、小学生らしき少年と高校生くらいの少女が二人で《ライム》にやってきて、仲良くカシスジュースを飲んで酸っぱい顔をしてたとか。康介は素直に取り調べに応じているとか――

もっとも、ベッドの中の恵美はいかにも興味なさそうな顔で「そんな話をするためにわざわざ来たの？」と言い放った上、誕生日に郁也からもらったと言って藤樫刑事が真新しい腕時計を見せたときには、「へえ。よかったね」とあくびまじりに返したものだから、最終的には藤樫刑事も額に青筋を立てて帰っていくことになったのだが。

でもその後に、何かを吹っ切ったように恵美はいつもの調子を取り戻した。

ただ、以前とは少し変わったこともあって、オレがコーヒーを淹れてやると前は恵美も普通に飲んでいたのだが、近頃は「コーヒーはしばらくいいや」と断るようになった。「ちょっと、特別なものを飲んじゃったからね」と言って。

「それでは、誠一君の淹れたコーヒーなんてもう金輪際、二度と飲めないでしょうね」

もう一人の助手もとい記録者である健三はにこやかに失礼なことを口にして、それまで以上にせっせと恵美に紅茶を淹れるようになった。まるで、恵美にお茶を淹れるのは自分の役目といわんばかりに。

《ライム》という喫茶店で何があったのか。詳しいことはオレらは知らない。

店に電話をかけたりして多少の協力はしたものの、後に理由を尋ねても「別に大したことじゃない」と恵美は答えるだけだったから。そう答えた恵美の横顔にふっと浮かんだ表情を見ると、オレとしてもそれ以上の詮索《せんさく》はためらわれた。

「ま、なんかあったときはちゃんとオレらに相談せえよ。同じ事務所《ハウス》の仲間なんやから」

代わりにそう言ったオレに「んー」と恵美は面倒くさそうな返事をして布団の中に潜り込んだが、ぽつんとひと言、「誠一と健三を連れていくべきだったのかもしれない」という呟きが、妙に印象深くオレの耳には残っている。

オレらが知らないとこで恵美は一人で何やら動き、何やら解決したのだろう。仕事でもないのに自主的に動くなんて、恵美にとってはよっぽど大切な何かがあったに違いない。

水臭い、という思いは拭えないけれど——

「まあええ。恵美がいつも通りに戻ってくれたんなら」

オレはまた一人呟いて、「なあ?」と鉢植えに同意を求める。

「まどかさん、紅茶が入りましたよ」

と、健三の声がした。ベッドの中から、「んー」と恵美のくぐもった返事が聞こえる。

「そっちに行くの、めんどくさい」

「はいはい。では、そちらにお持ちしますね」

当たり前のように対応してやる健三。

「おいコラ、待てや！」オレはすかさず声を上げた。

まあええ、じゃなかったわ。うちの『いつも通り』は、そもそもかなり問題があることを忘れとった。

健三は恵美に甘い。甘すぎる。これ以上甘やかしたら、ただでさえ怠け者の恵美は、底なしの怠惰な沼にずぶずぶと沈んでいく。

それはあかん。絶対にあかん。

健三はオレに対して露骨な無視を決め込んだ後、「おや誠一君、いたんですか」なんてしれっと抜かしてきた。無視する前、思いっきり目ぇ合わせてたやろ！　めんどくさい小芝居しよってからに。

そんなやりとりをしていると、インターホンの音が響いた。恵美と健三は当然のようにオレに応対を押しつけてくる。まったく、ほんまにこいつらは……。

ドアを開けると、そこにいたのは一匹の猫だった。前足をそろえて行儀よく座り、澄ました顔で「ニャア」と鳴く。

「なんや。テリーやないか」

オレらが所属する統一名探偵組織——通称『ネスト』のメッセンジャーを務める猫である。オレに応えるように「ニャア」といま一度鳴くと、テリーはしずしずと事務所の中に入ってきた。

テリーが来たということはつまり、仕事の依頼だ。

ベッドに近づいてくる小さな姿を目に入れるなり、「嫌だ！」と恵美は頭から布団を被《かぶ》った。腹が痛いだの頭が痛いだの、言い訳を重ねながら布団の奥へと潜り込んでいく。

これが我が《スワロウテイル》の名探偵のいつも通りの姿なのだから、記録者としては恥ずかしい限りだ。

テリーが持ってきた依頼は、とある高校で起きた転落事件の調査だった。

恵美は往生際悪く抵抗を続ける。ついこの間まで、仕事でもなくあんな積極的に動いていたらしいのに。どういうことやねん、と突っ込みたくなる。

呆れるほどに怠惰でどうしようもないが、恵美の名探偵としての実力は本物だ。もっとも、その実力を出させるまでにオレらはこうして毎回苦労する羽目になるわけだが。

……いや。オレら、ではなくオレだ。健三は恵美を甘やかしてばかりなのだから。

オレは心を鬼にして恵美の尻を叩く。今回ばかりは、なんとしても恵美を引っ張り出す必要があった。

どんなに隠してもオレにはわかる。恵美の心のやわらかい部分についた、真新しいひと筋の傷がオレには見える。先の一件で、人知れず恵美が負ったであろう傷が。

恵美は記憶の天才だ。一度目にしたものは、決して忘れることがない。だから恵美の記憶は色あせることがなく、何年経ってもセピア色の思い出に変わることはない。

それはつまり、心に負った傷もまた、負ったときの状態のまま抱え続けるということ。

記憶の天才の心の傷は、時によって癒やされることはない。

だから、立ち止まっていては癒えない傷口ばかりを眺め続けることになる。癒やすには前に進んで、新たな記憶で埋めていくしかないのだ。

できるなら楽しくて優しい記憶をいっぱい詰め込んで、その傷を埋めてやりたいと思う。でも、常に事件と向き合う名探偵という立場では、それはなかなか難しい。

ならせめて、前に進むためにオレは尻を叩いてやる。そして恵美が一人で何かを抱え込むことがないように――新たな記憶が恵美の心を傷つけないように、そばで守って支えてやる。

それがオレの……いや、オレら記録者の役割だ。

「ほれ、行くで！」

布団の海に沈む恵美を、オレは引っ張り上げる。

この先も、オレはこうして何度も恵美の手を引くだろう。もし恵美がとても深い場所に沈んでしまったとしても。どこまでも潜っていって、必ず引き上げるだろう。

そのために、オレは恵美のそばにいる。

ともに『ネスト』に入るとき、そう決めたのだから。


そんな記録者の想いを知ってか知らずか、駄々をこねながら引きずられていく名探偵。

《スワロウテイル》はそうして、彼らを待つ事件へと赴いていく。

新たな記憶がまた、恵美まどかの中に降り積もる——

風森章羽（かざもり・しょう）

3月7日、東京都調布市生まれ。『渦巻く回廊の鎮魂曲《レクイエム》　霊媒探偵アーネスト』で第49回メフィスト賞を受賞し、デビュー。「霊媒探偵アーネスト」シリーズは、『清らかな煉獄』『雪に眠る魔女』『水の杜の人魚』『夜の瞳』『奇跡の還る場所』が刊行されている。ほかの著作に、『私たちは空になれない』『獏の掃除屋』がある。

ハンドレッドノート
―名探偵《めいたんてい》 恵美《えみ》まどかの事件簿《じけんぼ》―

2024年９月９日　第１刷発行
2025年６月18日　第７刷発行

著　者　風森章羽《かざもりしょう》

発行者　篠木和久

発行所　株式会社講談社
〒112-8001 東京都文京区音羽2-12-21
電話　出版　03-5395-3506
　　　販売　03-5395-5817
　　　業務　03-5395-3615

KODANSHA

本文データ制作　講談社デジタル製作

印刷所　株式会社KPSプロダクツ

製本所　株式会社国宝社

N.D.C.913 236p 19cm
ISBN 978-4-06-536835-0

ハンドレッドノート
―高校生探偵 天命大地―

雪一《ゆきいち》

今最も新しい“名探偵”、誕生!!
「ハンドレッドノート」初の公式コミカライズ!!

エルキュール・ポワロ、明智小五郎《あけちこごろう》、シャーロック・ホームズ。
事件が起これば、そこには必ず“名探偵”がいた。
これは新たな“名探偵”が生まれる物語――。
20XX年。TOKYO CITYでは、100人の“名探偵”が
統一名探偵組織・ネストの下で事件解決に臨んでいた。
“名探偵”を父に持ち、自身も“名探偵”を夢見る高校生・天命大地《てんめいだいち》は、
圧倒的な洞察力と推理力を持つ司波《しば》 仁《じん》、
お調子者だが友達思いなキザ関西人・霧《きり》 縦人《たてひと》とともに、とある孤島を訪れる。
しかし、楽しいはずだったクラスメートとの旅行は、
一人の悲鳴を境に悲劇へと一変するのだった――……。

1巻 ISBN 978-4-06-534915-1 ¥759(税込)　2巻 ISBN 978-4-06-535793-4 ¥759(税込)

Official YouTube

名探偵 恵美《えみ》まどかの活躍が見られるYouTube

恵美まどかが活躍するスワロウテイルをはじめ、

「ハンドレッドノート」の各ハウスの事件や日常はYouTubeでも見ることができます。

まずは、風森《かざもり》章羽《しょう》がプロット制作をしたこの二つの事件からお楽しみください！

「絵と旅する少年」

自殺と判断された青年の兄から、
自殺ではないと証明してほしいという
変わった依頼がきて……。

「オウムの鳴くところ」

死体の口に、
いくつかの四つ葉のクローバーが詰め込まれていたという
奇妙な事件が舞い込んで……。

スワロウテイル / Swallow Tail【ハンドレッドノート】

@SwallowTail-HN　https://www.youtube.com/@SwallowTail-HN/